CB000996

Kimberly Knight

PRESA

Traduzido por Allan Hilário

1ª Edição

The GiftBox
EDITORA

2022

Direção Editorial:	Revisão final:
Anastacia Cabo	Equipe The Gift Box
Gerente Editorial:	Arte de Capa:
Solange Arten	Okay Creations
Tradução:	Adaptação de Capa:
Allan Hilário	Bianca Santana

Diagramação e preparação de texto: Carol Dias

CIP-BRASIL. CATALOGAÇÃO NA PUBLICAÇÃO
SINDICATO NACIONAL DOS EDITORES DE LIVROS, RJ
MERI GLEICE RODRIGUES DE SOUZA - BIBLIOTECÁRIA - CRB-7/6439

K77p

Knight, Kimberly
    Presa / Kimberly Knight ; tradução Allan Hilário. - 1. ed. - Rio de Janeiro : The Gift Box, 2022.
    192 p.

    Tradução de: Lock
    ISBN 978-65-5636-141-3

    1. Romance americano. I. Hilário, Allan. II. Título.

22-75991   CDD: 813
                  CDU: 82-31(73)

The GiftBox
EDITORA

NOTA DA AUTORA

Ei, leitores Knight!

Lembre-se de que esta versão adulta *não é* baseada em nenhuma das versões em desenho animado, mas no conto *original* da Rapunzel, escrito pelos Irmãos Grimm.

Espero que gostem e boa leitura!

Beijos,

Kimberly.

Capítulo 1

Flocos brancos de neve caíam do céu em rajadas, mas isso não impediu Jackie de querer o melhor pudim de banana da cidade de Nova York — e para o jantar, nada menos.

— Você não pode comer pudim de banana no jantar, Jackie. — Russell riu, sabendo que sua esposa iria comprar pudim de banana para o jantar, independente do que acontecesse.

— O bebê quer — Jackie choramingou.

Russell e Jacqueline Hughes estavam esperando seu primeiro bebê, uma filha que seria a luz de suas vidas. Em apenas algumas semanas, a pequena Rae se tornaria o orgulho e a alegria de seus pais, e Jackie sabia que Russell faria qualquer coisa para deixar as garotas de sua vida felizes, até mesmo levar sua esposa grávida de oito meses para comprar a sobremesa que ela estava desejando, durante a neve.

— Eu vou buscar. Por que você não fica aqui, onde está quente? — ele sugeriu.

— Você sabe que preciso caminhar diariamente por causa do bebê. Não tem problema — ela retrucou, já pegando o casaco e, sem dizer mais nada, o casal vestiu seus casacos de inverno, luvas e chapéus, agasalhando-se para se aquecer. Eles não tinham carro porque era muito mais fácil se locomover pela cidade de metrô, mesmo indo de onde moravam no East Harlem para a Lexington com a 59°, onde ficava a padaria.

Kimberly Knight

Quando chegaram na estação perto da padaria, a neve havia diminuído um pouco, mas não o frio do inverno. Jackie estremeceu, e seu marido passou o braço em volta dela, puxando-a contra o seu corpo para aquecê-la. Com apenas 20 anos, Jackie encontrou sua alma gêmea. Russell era mais velho, mas apenas cinco anos. Eles se conheceram em uma festa de quatro de julho, há dois anos, se casaram seis meses depois e agora estavam esperando o primeiro filho. A vida era boa para o casal.

Até que uma limusine preta parou no meio-fio.

A porta de trás se abriu e eles ouviram:

— Para dentro.

Jackie ergueu os olhos para o marido, que fechou brevemente os olhos azuis e suspirou:

— Porra.

— Quem é aquele? — questionou.

— Meu chefe.

— Seu chefe?

Russell trabalhava como motorista de entrega para uma empresa de fornecimento de alimentos, então ela não entendia por que o chefe dele pararia no meio-fio e ordenaria que ele entrasse no carro.

— Porra. — Russell gemeu baixinho antes de se aproximar do carro e se inclinar. — Posso levar minha esposa de volta ao metrô primeiro?

— Não — Frank Russo disse severamente. — Vocês dois entrem.

— Mas ela não…

— Agora! — o Sr. Russo vociferou.

Russell agarrou a mão de Jackie e a conduziu para o carro aquecido. O cheiro de couro e tabaco doce encheu os narizes deles, e a mulher tentou prender a respiração com medo de que a fumaça pudesse machucar sua filha ainda não nascida.

— O que está acontecendo? — questionou, olhando para o marido em busca de respostas e, em seguida, para o homem em frente a eles. Ele não parecia muito mais velho do que Russell, talvez trinta no máximo, com cabelo preto, olhos escuros e pele parda.

— Seu marido é um ladrão — respondeu o Sr. Russo.

— Um ladrão? — Seus olhos azuis voltaram-se para o marido, que estava olhando para o piso enquanto o carro se afastava do meio-fio.

— Você vai contar para sua esposa, ou eu devo contar? — perguntou o Sr. Russo.

Russell engoliu em seco e olhou para seu chefe, não querendo encontrar o olhar da esposa.

— Eu preferiria que isso ficasse entre nós e deixássemos minha esposa fora disso.

— Você deveria ter pensado nisso antes de tentar me fazer parecer um idiota.

— Eu não tentei te fazer parecer um idiota.

— Não? — O homem sorriu. — Então me diga como você acha que eu fico quando um dos meus homens me diz que você está vendendo por mais do que o preço normal e embolsando o resto?

O olhar de Jackie ainda estava em seu marido, imaginando o que estava acontecendo. O que Jackie não sabia era que o marido não tinha pensado que o Sr. Russo descobriria que estava vendendo uma dose de cocaína por cem dólares em vez dos oitenta que deveria cobrar.

— Foi uma vez. Eu precisava do dinheiro extra — argumentou Russell.

O Sr. Russo deu uma risada sinistra e, depois, tragou o charuto.

— Não me engane. Eu sei que é uma coisa contínua.

Jackie puxou o casaco para cobrir o rosto, e o Sr. Russo olhou para ela, sua cabeça ligeiramente inclinada como se questionasse o que ela estava fazendo.

— Estou grávida. A fumaça faz mal para o bebê — disse ela, respondendo à pergunta silenciosa dele.

O Sr. Russo abriu a janela.

— Me desculpe.

Jackie percebeu que ele não se importava o suficiente para apagar o charuto. Idiota.

— Então, Russ. — O Sr. Russo soprou outra baforada de fumaça, desta vez em direção à pequena fenda. — O que vamos fazer com você?

— Eu precisava do dinheiro, Sr. Russo. Assim como minha esposa disse, estamos tendo nosso primeiro filho — respondeu, esperando que sua explicação fosse suficiente. — Isso não vai acontecer de novo.

— Isso não te dá o direito de roubar de mim.

— Eu não estava…

— Você estava! — ele gritou. — Meu pai construiu este negócio do zero antes de morrer, e todos sabem que o nome Russo é de um rei. Não posso permitir que as pessoas pensem que podem me enganar.

— Sinto muito — desculpou-se Russell. — Mas começar uma família é caro.

Kimberly Knight

— Não é problema meu — afirmou. — Cansei. — Ele puxou uma arma com silenciador por trás das costas e atirou em Russell bem na testa sem sequer piscar.

Jackie prendeu a respiração ao olhar para o marido, os olhos arregalados ao ver uma gota de sangue carmesim escorrer pela testa dele. Pareceu acontecer em câmera lenta, enquanto ela o observava tombar de lado contra a porta, morrendo instantaneamente. Assim que a realidade do que tinha acontecido foi registrada em sua mente, Jackie gritou e então tentou abrir a porta da limusine em movimento.

O Sr. Russo fez uma careta.

— Eu não faria isso se fosse você.

— Você matou meu marido! — Jackie gritou.

— Eu matei um ladrão.

As lágrimas começaram a rolar por seu rosto e ela não sabia o que fazer.

— Você vai me matar também?

O Sr. Russo mordeu o lábio inferior.

— Não, eu tenho outros planos para você e seu bebê ainda não nascido.

Capítulo 2

ZELL

Doze anos depois, doze anos de idade.

A luz do sol caiu sobre mim, me acordando para o dia. Eu não tinha cortinas ou qualquer coisa para cobrir a única janela pequena do meu quarto no céu. Minha mãe — ou "Madame", como ela gostava de ser chamada — disse que, quando o sol brilhava em meus olhos, era hora de acordar para o dia, não importava o dia da semana.

Rolei para fora da minha cama de solteiro, pronta para tomar café da manhã com as meninas antes de Erin me ensinar a lição do dia. Ela e as outras que moravam *na casa* eram minhas melhores amigas. Elas moravam conosco, porque trabalhavam *na casa* e faziam sexo, embora eu não soubesse exatamente o que isso significava, exceto que elas gemiam muito. Erin não tinha me ensinado o que era sexo ainda, e eu sempre tive medo de ser pega espiando quando Madame dava uma de suas festas.

Uma vez por mês, homens e mulheres vinham e bebiam antes de ir para um dos seis quartos do andar principal. Eu não tinha permissão para estar por perto durante as festas. Eu tinha que ficar no meu quarto. Eu tinha que ficar muito no meu quarto.

Uma vez por semana, Erin me levava para o outro lado da rua até o Central Park para alimentar os patos. Não tínhamos permissão para irmos

Kimberly Knight

sozinhas, porque Madame me disse que a cidade era perigosa, então um dos guarda-costas dela ia com a gente. Eu não me importava. Amava quando eu podia sair. Normalmente, tinha que ficar dentro *da casa* no segundo andar da cobertura, onde ficava o meu quarto.

Quando Erin não estava me ensinando, eu podia brincar com minhas bonecas — embora eu realmente não gostasse mais delas — colorir alguns livros, pintar com a tinta que Leanne havia me dado ou ouvir música que algumas das meninas me davam. Blues era meu estilo favorito. Carla, uma das meninas, me disse que isso a lembrava de Nova Orleans, porque eles tocavam muitos saxofones lá, onde o blues era popular. Coloquei Nova Orleans na minha lista de lugares para visitar um dia.

Eu tinha uma longa lista de lugares que queria visitar. Havaí, Califórnia, Flórida, Alasca e Grécia estavam entre esses, mas, primeiro, eu queria ver toda a cidade de Nova York. Eu não tinha ido a lugar nenhum em meus doze anos, exceto do outro lado da rua para o parque, mas pelo que pude ver dos trinta e quatro andares no céu, esta cidade era um lugar grande. À noite era o meu momento favorito, pois todas as luzes piscavam e iluminavam o céu, e era tão bonito, quase como uma pintura. Tentei pintar a vista da minha janela minúscula. Meus esforços não foram tão bonitos, mas continuei tentando.

Uma batida soou na minha porta enquanto eu estava arrumando a cama, e alguém abriu uma fresta.

— Apenas me certificando de que você está acordada — disse Erin.

— Eu estou. — Sorri, afofando o travesseiro.

— Eu te espero na cozinha.

— Só preciso ir ao banheiro primeiro.

— Certo, docinho.

Rapidamente fiz um rabo de cavalo no meu longo cabelo loiro. Ele já tinha passado da minha bunda e me atrapalhava quando me sentava ou ia ao banheiro — basicamente, *sempre* atrapalhava. A Madame não me deixava cortá-lo, porque, segundo ela, meu cabelo era lindo demais para isso, mas às vezes Tifarah, outra das meninas, aparava. Se a madame sabia sobre isso, ela nunca disse nada.

Fechando a porta do quarto atrás de mim, andei até o final do corredor para o banheiro que dividia com todas as meninas. Havia seis delas: Erin, Carla, Leanne, Clarissa, Bev e Tifarah. Madame tinha seu próprio andar e banheiro, mas eu não tinha permissão para subir até lá.

A *casa* inteira tinha quatro andares em um arranha-céu de 35. O pavimento inferior da *casa* era onde ficava a lavanderia, a cozinha e o depósito de limpeza. O *chef* também tinha um quarto lá embaixo. Um acima daquele era o que chamamos de andar principal. O piso era de madeira cinza-clara, quase branca. Janelas do chão ao teto envolviam toda a sala de estar, e havia uma escada de vidro que ia até o telhado, com uma parada em cada andar. Também haviam seis quartos, mas eu nunca tinha visto dentro deles.

O terceiro andar, onde as meninas e eu tínhamos nossos quartos, não era tão bom quanto o principal. O nosso tinha menos janelas do que o principal, e um longo corredor com portas dos dois lados, até que você chegasse ao meu quarto, no final do corredor. Não havia nenhuma obra de arte, ao contrário do piso principal. Eram apenas paredes e portas brancas. Foi por isso que tentei pintar a cidade de Nova York à noite. Eu queria algo bonito para o meu quarto. As meninas podiam ter fotos, TVs e livros, mas eu não, porque a madame disse que eu era muito jovem.

Tranquei a porta do banheiro atrás de mim e fui usar o vaso sanitário. Quando abaixei a calça do meu pijama, vi sangue e comecei a entrar em pânico. Por que eu estava sangrando lá embaixo? Eu estava machucada de alguma forma?

— Erin! — gritei, mas então me lembrei de que ela estava no nível inferior, esperando por mim. — Carla! — gritei. Eu não sabia quem estava acordada, mas precisava de ajuda e não sairia do banheiro. — Leanne! Bev! Qualquer uma!

A maçaneta da porta sacudiu e Carla bateu.

— Zell, o que há de errado? Abra a porta.

— Eu estou sangrando! — Chorei.

— Abra a porta. — Ela tentou a maçaneta novamente.

Corri e me levantei, movendo-me para a porta com minhas calças abaixadas e destranquei antes de voltar ao vaso sanitário.

— Rápido!

A porta se abriu e minha amiga entrou.

— O que há de errado?

— Estou sangrando. — Chorei de novo, apontando com a cabeça em direção à mancha vermelha em meu pijama e calcinha.

— Ah, querida. — Seu rosto se suavizou. — Você acabou de ter sua primeira menstruação, só isso.

— Minha o quê?

Kimberly Knight

Ela pegou algo embaixo da pia.

— Erin não te contou sobre sua visita mensal?

Franzi a sobrancelha.

— Que visita?

Carla se levantou e colocou uma coisa rosa, quadrada, parecida com um travesseiro, no balcão.

— Primo chico.

Dei de ombros.

— Eu não sei quem é.

Ela sorriu calorosamente.

— Ele faz de você uma mulher, mas não se preocupe, vou pegar uma calcinha e um pijama limpo para você no seu quarto. Entre no chuveiro e se limpe. Depois vou mostrar como colocar isso e vamos dizer a Erin que a lição de hoje precisa ser sobre o seu ciclo menstrual.

— Ok. — Tomei banho rápido e, em seguida, Carla voltou e me mostrou o que fazer com o absorvente que estava na embalagem rosa. Parecia estranho entre as minhas pernas quando vesti a calcinha, e eu odiei. — Isso é tão desconfortável.

Carla deu uma risadinha.

— Sim, eles são. Vamos dar absorventes para você.

Eu também não sabia o que era aquilo. Como elas sabiam de tudo isso? Eu sabia que as meninas não cresceram em casa como eu, mas todas pareciam muito inteligentes.

Carla desceu comigo até a cozinha pela escada dos fundos. Ela colocou o braço em meus ombros e me puxou contra seu corpo.

— Nossa menina está crescendo, Erin.

Os olhos castanhos de Erin se arregalaram.

— Você menstruou?

— Sim — respondeu Carla. — Eu cuidei disso por enquanto. Você só precisa explicar o porquê, com que frequência e como às vezes dói e — ela deu de ombros — tudo o que conseguir pensar.

— Isso não é bom — Erin declarou.

— Estava prestes a...

Erin interrompeu Carla:

— A Madame me disse que assim que ela fosse uma *mulher*, seria colocada para trabalhar.

— O quê? — Carla questionou. — Você não quer dizer...

Erin negou com sua cabeça de cabelo castanho.

— Eu não acho que ela quis dizer com essa idade, mas sim, eventualmente.

— Então, não há nada com que se preocupar. — Carla me apertou mais uma vez antes de me soltar e caminhar até a geladeira. O *chef* Martin estava no fogão, preparando o café da manhã da Madame.

— A menos que ela tenha outros planos para ela?

— Como o quê? — Carla pegou o suco de laranja. Eu me senti como uma mosca na parede, vendo a conversa sobre mim acontecer diante dos meus olhos.

Erin encolheu os ombros.

— Eu não sei.

— Não precisamos contar nada a ela. Ela não vai descobrir — sugeriu Carla.

— Ela vai descobrir. — Erin olhou para uma das câmeras na cozinha. Cada cômodo tinha câmeras, incluindo meu quarto. Eu não sei por que.

— Acho que vai ficar tudo bem. — Carla serviu um copo de suco para cada uma de nós. — Ela é muito jovem para fazer o que fazemos. O que mais seria?

— Eu não sei — Erin sussurrou. — Mas tenho medo de descobrir.

Se Erin estava com medo, então eu também estava.

Não dissemos à Madame que fiquei menstruada.

Tentei esconder pelos dias que se seguiram. Erin me contou tudo sobre o que esperar mensalmente e como eu poderia ter um bebê agora. Eu não queria um bebê. Não sabia nada sobre bebês.

— Erin — chamei. Ela estava sentada à pequena mesa da cozinha que as meninas e eu usávamos. Estávamos fazendo uma pausa nos meus estudos para o almoço.

— Sim, querida? — Ela tossiu um pouco, como se estivesse pegando um resfriado.

— Como é a cidade de Nova York? — Sentei na cadeira ao seu lado.

Kimberly Knight

— O que você quer dizer?

— Pelo que posso ver do meu quarto, tem que haver muito o que fazer, mas só posso atravessar a rua.

— Sim, há muito o que ver e fazer na cidade.

— Podemos fazer isso?

— Fazer o quê?

— Ver a cidade.

Erin fechou os olhos castanhos brevemente.

— Não, querida. Não podemos.

— Por que não?

Ela tossiu novamente antes de falar.

— Você sabe que a Madame não vai deixar.

— Por que não?

— Porque ela não quer que você se perca.

Eu franzi a sobrancelha.

— Como vou me perder se estou com você?

Erin se inclinou e baixou a voz.

— Há muita coisa que você não sabe, Zell. Madame...

O barulho de saltos começou a vir das escadas, e Erin e eu nos endireitamos em nossos assentos. Ela voltou a comer seu sanduíche e tomei um gole da minha água. Quando Madame estava por perto, tínhamos que nos comportar da melhor maneira possível.

— Madame — Erin cumprimentou, logo que minha mãe entrou na sala, tossindo novamente.

O olhar escuro da Madame encontrou o meu. Ela tinha olhos castanhos e cabelo preto bem escuro, mas eu tinha olhos azuis e cabelo loiro.

— Você está ficando doente?

Erin engoliu em seco.

— Acho que sim.

— Então você precisa subir para o seu quarto e dormir. Não pode infectar as outras garotas ou meus convidados esta noite.

Erin se levantou.

— Sim, senhora.

— Mas o parque! — Chorei. — A gente devia ir ao parque hoje.

— Podem ir outro dia — Madame cortou.

— Não. — Fiz beicinho e cruzei os braços sobre o peito. — Eu quero ir hoje.

— O que deu em você? — Madame assobiou. — Isso não é maneira de agir.

Erin pigarreou.

— Eu ainda posso levá-la. Ela precisa de ar fresco e luz do sol.

— Então você simplesmente vai deixá-la doente, e ela vai deixar todo mundo doente. Eu não posso permitir isso.

— Tyler pode me levar — ofereci. Ele era o guarda que geralmente ia conosco ao parque. Enquanto Erin e eu alimentávamos os patos, ele ficava alguns metros para trás. Eu tinha certeza de que ele poderia fazer o mesmo e eu poderia alimentar os patos sozinha. — Por favor? Só desta vez.

— Pare de choramingar. É impróprio para uma dama.

— Mas é meu dia de ir ao parque. Por favor? — implorei um pouco mais. Eu só ia uma vez por semana e não queria perder. Além disso, nevaria em breve e eu não poderia ir ao parque.

— Tudo bem — cortou. — Faça Tyler te levar. E você — apontou um dedo pintado de vermelho para Erin —, entre no seu quarto e não saia até que esteja bem.

— Sim, senhora.

Erin começou a se levantar, e eu corri passando por ela, pegando o pequeno saco de pedaços de pão branco da bancada, e então subi as escadas correndo em busca de Tyler. Eu não ia deixar essa oportunidade passar. Eu o encontrei no andar principal da sala de estar.

— Madame disse que você pode me levar ao parque.

Ele ergueu os olhos do jornal que estava lendo.

— E quanto a Erin?

— Ela está doente.

— Ok. Você está pronta para ir?

— Só preciso colocar meus sapatos.

Ele dobrou o jornal e o colocou sobre a mesa de centro.

— Tudo bem. Te encontro no elevador.

Subi a escada principal dois degraus de cada vez, até o andar de cima, e então corri para o meu quarto para pegar os sapatos. Depois de amarrar os tênis, corri para os elevadores.

Tyler estava esperando como disse que estaria.

— Por que você está correndo? — perguntou ele.

— Eu não quero que a Madame mude de ideia.

Tyler acenou com a cabeça para Ricardo, o guarda que estava no elevador. Sempre havia um homem lá, garantindo que ninguém saísse. Quando o elevador abriu, nós dois entramos e descemos até o térreo. Caminhamos até a faixa de pedestres antes de atravessarmos para o Central Park. Estava quente, mas não o suficiente para que eu suasse. Não importaria se estivesse abafado, no entanto. Eu precisava do meu único dia da semana em que sentia como se houvesse vida fora da *casa*.

Caminhando rápido, chegamos ao lago e não hesitei em ir até a beira de uma pedra e jogar um pedacinho de pão branco na água. Os patos começaram a aglomerar e eu sorri. Alimentar os patos foi, claramente, o ponto alto de poder ir ao Central Park, mas também adorei a sensação do sol no rosto.

— Você viu o pato mandarim?

Olhei para ver uma garota parada ao meu lado. Achei que ela fosse mais jovem do que eu, mas não tinha certeza. Eu tinha visto crianças brincando no parque, mas nunca tive um amigo da minha idade.

— O que é um pato mandarim?

— Minha mãe disse que era um pato raro que apenas apareceu um dia. Depois ele se foi e ninguém sabia o motivo, mas então ele voltou.

— Como ele é?

— Ele tem uma cara laranja com branco ao redor dos olhos. Também tem penas laranja.

— Uau. — Eu suspirei. Olhei por cima do ombro para ver Tyler me observando. Não parecia que ele ia me impedir de falar com essa garota, então virei a cabeça para ela. — Eu não o vi.

— Quer ir ao rinque de patinação ou ao carrossel?

Eu pisquei.

— Onde é isso?

Ela encolheu os ombros e apontou.

— Em algum lugar para lá.

— Você pode simplesmente ir sozinha?

— Não. Minha mãe vai nos levar.

Antes que eu soubesse o que estava acontecendo, a garota agarrou minha mão e começou a me levar para longe da água. Olhei por cima do ombro novamente para Tyler, e seus olhos se arregalaram antes de ele dar passos rápidos e agarrar meu outro braço.

— Onde você está indo? — perguntou.

Tentei responder, mas a garota chegou antes de mim.

— Estamos indo para o carrossel. Você é o pai dela?

Eu não tinha um pai. A senhora me disse que ele morreu antes de eu nascer.

— Não — respondeu Tyler. — E ela não pode ir para o carrossel.

— Por que não? — a garota questionou.

— É hora de ir para casa — afirmou Tyler.

— Eu ainda não terminei de alimentar os patos.

— Não importa. É hora de ir — ordenou.

A garota largou minha mão e disse:

— Talvez da próxima vez. — Eu sorri pra ela.

Tyler me levou pelo braço a alguns metros de distância antes de largá-lo.

— O que é que foi isso? — perguntou. — Você sabe que não pode ir a lugar nenhum, exceto para a lagoa.

— Ela pegou minha mão antes que eu soubesse o que estava acontecendo.

— Nunca saia com estranhos, Zell. É perigoso.

Foi por isso que não tive permissão para ver a cidade? Um estranho me levaria embora e me machucaria?

— Sinto muito — sussurrei.

— Vamos manter isso entre nós e não fazer de novo, ok?

— Ok. — Voltamos para a casa. Quando saímos do elevador para o andar principal, olhei para Tyler. — Obrigada por me levar.

— De nada.

Comecei a subir as escadas, mas hesitei quando Madame entrou na sala, seus saltos batendo no chão de madeira.

— Zell! — ela retrucou, e eu respirei fundo. Ela sabia o que aconteceu no parque?

Eu me virei para encará-la.

— Sim, senhora?

— Você achou que eu não iria descobrir?

Engoli.

— Descobrir o quê?

Ela agarrou meu braço e me girou para que eu ficasse de costas para ela.

—Você tem sangue nas calças. Você teve sua primeira menstruação. — Não foi uma pergunta.

— Sim, senhora.

— Quando?

— No outro dia.

Ela me soltou.

— E você não ia me contar?

— Erin e as meninas cuidaram de mim. Eu não queria te incomodar com isso.

— Vou falar com elas, mas você sabe o que isso significa?

Eu engoli novamente e encolhi os ombros.

— Que eu posso ter bebês.

Madame riu secamente.

— Sim, mas também que é hora de você começar a trabalhar. Você é uma mulher agora.

— Trabalhar?

— Não se preocupe. — Ela segurou minha bochecha. — Não quero dizer o que as outras garotas fazem. Ainda. — Ela quis dizer sexo? — Mas é hora de você aprender a usar um esfregão e começar a limpar os quartos depois que as meninas os usarem. — Ela arrancou o saco de pão das minhas mãos. — Você não vai precisar mais disso. Seus dias de ir ao parque acabaram.

CAPÍTULO 3

FRANKIE

Cinco anos depois, dezessete anos de idade.

Pegando minha bolsa, pendurei-a no peito e saí do quarto. Era uma noite típica de sábado e alguém estava dando uma festa em uma de suas casas e praticamente toda a escola estaria lá. Às vezes, era em uma casa, mas podia ser em uma cobertura, um apartamento, no andar de um hotel que seus pais possuíam, ou em um loft.

As pessoas sempre perguntavam se eu ia a essas festas. Não apenas porque eu era o cara mais popular da escola, mas porque sempre tive meu estoque comigo e eles precisavam de sua dose. Cocaína, maconha, anfetaminas, calmantes, o que quiser, eu consigo. O fato de meu pai ser o traficante de drogas mais famoso da cidade ajudou muito. As pessoas sabiam que deveriam vir até mim, mesmo que de forma discreta, pois meu pai me treinou bem.

O que se dizia nas ruas era que não se mexe com um Russo e as pessoas sabiam que não deviam foder com Frank Russo mais velho. O fato de meu pai ter policiais em sua folha de pagamento ajudava. Eu não sabia como tudo funcionava, mas meu pai poderia se livrar de qualquer merda obscura.

Era de se pensar que vivíamos no Bronx ou algo assim por causa do estilo de vida do meu pai, mas não. Morávamos no Upper East Side, na

Kimberly Knight

5ª Avenida, em um apartamento de três quartos com vista para o Central Park. Por fora, éramos como qualquer família de classe alta, mas, na verdade, governávamos a cidade de Nova York.

Entrando na sala de estar, mamãe estava sentada em seu lugar no sofá, seu martini noturno ao lado dela, assistindo algum programa de *true crime* na TV.

— Até mais tarde — gritei, me dirigindo para a porta.

— Tenha uma boa noite, querido.

Meu pai estava fazendo o que quer que fosse ele fizesse durante a noite. Ele tinha uma boate, mas era apenas uma fachada para seu negócio de verdade. Eu nunca o questionei, no entanto. Aprendi essa lição quando tinha oito anos...

Mamãe e papai me seguiram até a limusine. Fui para o meu assento na extremidade oposta da limusine, adorando poder andar de costas. Andar de costas era a minha coisa favorita, especialmente porque meus amigos não tinham limusines, então eu era o único que poderia dizer que podia andar de costas.

— Precisamos fazer uma parada — papai afirmou, olhando para o telefone.

— Por quê? — Mamãe questionou, a limusine se afastando do meio-fio.

— Negócios.

— Seu filho está no carro.

— Meu filho precisa aprender, porque ele dirigirá este negócio quando eu morrer.

Eu não sabia exatamente o que meu pai fazia. Ele era algum tipo de empresário e as pessoas o admiravam, mas isso era tudo que eu sabia.

— Eventualmente, quando ele não for mais um menino — minha mãe rebateu.

Papai encolheu os ombros.

— Agora, quando ele é um adolescente, não importa.

— Isso importa — gritou minha mãe. — Ele é muito jovem.

— Você pode reclamar o quanto quiser, Quinn. Nós vamos fazer uma parada e ponto final. Agora, cale a porra da boca antes que você se torne meu negócio. Entendido?

Ela não respondeu a ele. Em vez disso, se inclinou para frente e disse:

— *Frankie, quando seu pai sair do carro, quero que coloque os fones de ouvido, aumente o volume da música e jogue o seu jogo no telefone. Entendeu?*

Eu concordei.

Se meu pai estivesse saindo da limusine, como eu veria ou saberia o que estava acontecendo? Não entendi, mas rapidamente compreendi porque, quando o carro parou nas docas e meu pai saltou, coloquei os fones de ouvido, mas não liguei a música. Eu fingi jogar no meu telefone, mas ouvi um estalo alto. Pulei e olhei pela janela. Um homem estava deitado no chão na frente de meu pai e de outros homens.

Meu olhar se moveu para o da minha mãe. Seus olhos estavam fechados como se ela não quisesse ver o que meu pai tinha feito, mas eu sabia. Eu não era idiota. Tinha visto O Poderoso Chefão *e outros filmes que não deveria assistir. Meu pai matou aquele homem.*

Naquela fração de segundo, eu sabia que nunca iria irritar o meu pai.

Quando eu tinha dezesseis anos e ele me pediu para começar a vender e entrar no negócio da família, não hesitei. O que meu pai dizia era definitivo e, honestamente, me ajudou a economizar dinheiro para *meus* planos para o futuro.

O motorista do meu carro estava esperando por mim na calçada quando saí para ir à festa. Já havia dito a ele para onde estava indo e por quanto tempo planejava ficar, o que não demoraria muito, pois não estava me sentindo bem, mas tinha que ir. Eu tinha que vender ou meu pai ficaria furioso.

Assim que fizesse dezoito anos e me formasse no ensino médio, iria para a faculdade e me afastaria de meu pai. Eu não queria seguir seus passos. Embora o dinheiro fosse ótimo, eu odiava o estresse adicional que vinha junto com ele. Qualquer um poderia ir a um policial que não estava na folha de pagamento do meu pai e me entregar. Eu odiava não saber em quem confiar, mas, ao mesmo tempo, tinha que vender, então não fui pego como tinha visto meu pai ser mais vezes do que poderia contar desde que me trouxe para o negócio da família.

Meu motorista parou no meio-fio em frente ao prédio onde a festa estava acontecendo. Quando saí, me certificando de que minha bolsa estava segura ao redor do meu corpo, o vento soprou, enviando um leve calafrio por mim. Não demoraria muito para que a neve começasse a cair, e isso me deixou ansioso com minha mudança para a Califórnia. Ninguém sabia que eu estava indo embora.

Nem meus amigos.

Nem minha mãe.

E definitivamente nem o meu pai.

— Ei, Frankie — Courtney, uma estudante do segundo ano, gritou, caminhando até a porta do prédio.

— Ei, Court — cumprimentei, quando o porteiro abriu a porta para nós, inclinando o chapéu. Não era a primeira vez que acontecia uma festa na casa de Robbie Miller. Na verdade, era uma ocorrência mensal.

Courtney e eu entramos no prédio e subimos até o elevador.

— Tem algum ecstasy?

Eu sorri.

— Claro.

— Quer usar um comigo?

Mesmo vendendo drogas, eu não as uso. Sabia que não devia mergulhar no meu próprio estoque, especialmente porque não podia arriscar ficar chapado e alguém me roubar. Meu pai nunca me deixaria viver caso isso acontecesse, e eu não tinha dúvidas de que seria morto por meu erro. Era o mesmo motivo pelo qual eu não bebia.

— Talvez depois de eu conduzir os negócios. — Embora Courtney fosse uma garota bonita, eu não queria dar falsas esperanças a ela. Se dissesse sim, ela me seguiria. Se dissesse não, ela provavelmente explodiria em lágrimas ou algo assim.

O elevador apitou e as portas se abriram. Entramos.

— Foi o que você disse da última vez e não aconteceu.

Eu sorri.

— Negócios primeiro, baby.

— Venha me encontrar depois que terminar — disse Courtney, o elevador se abrindo no andar de Robbie.

Saí do elevador.

— Sim. — Eu não ia, necessariamente, fazer isso. Veria como a noite terminaria.

Apertos de mãos foram dados enquanto eu caminhava ao redor, bebendo um refrigerante que as pessoas presumiam que tinha álcool misturado com ele. Vendi boa parte do meu estoque e decidi ir embora. Fiquei esperando o elevador, a música tocando como se estivéssemos em uma boate, e meu olhar pousou em Courtney novamente.

— Porra. — Gemi baixinho.

— Eu pensei que você fosse me encontrar? — Ela passou o dedo pelo meu braço.

— Recebi uma ligação e preciso fazer outra parada — menti.

— Ah, sério? — Ela fez beicinho. — Você vai voltar?

Virei-me para dizer a ela que não ia, mas então mudei de ideia. Eu até queria ir para casa, mas dormiria muito melhor depois de uma boa foda e de um boquete.

— Na verdade, Court, vamos fazer isso.

Agarrei sua mão e a levei para o quarto de Robbie, que estava vazio. Eu tranquei a porta e fomos direto aos negócios — um tipo diferente de negócios.

Algumas semanas depois, fiz dezoito anos. Eu estava contando os dias e agora era finalmente um adulto. O problema era que meu último ano ainda duraria por mais alguns meses, mas depois eu iria para a UCLA e me distanciaria de Frank Russo. Eu viveria minha vida e não aquela que ele ditou para mim.

Uma batida soou e eu rolei para ficar de frente para a porta.

— Sim?

Mamãe entrou.

— Feliz aniversário, querido.

— Obrigado. — Eu sorri.

— Seu pai quer que você o encontre em seu escritório quando acordar.

— Por quê?

Ela encolheu os ombros.

— Acho que ele quer te desejar um feliz aniversário.

— Certo. — Não achei que fosse esse o motivo. Meu pai não era uma pessoa amorosa. Nos últimos quatro anos, não recebi nem mesmo um

Kimberly Knight

cartão dele no meu aniversário. Sempre foram negócios, e foi por isso que não contei a ele ou a minha mãe que entrei na UCLA. Eu simplesmente iria desaparecer. Acabaria contando para minha mãe onde estava, porque ela ficaria preocupada, mas esperaria até chegar à Costa Oeste.

— Maggie está fazendo o seu café da manhã favorito: torrada francesa recheada com manteiga de amendoim. — Maggie era nossa governanta. Minha mãe não cozinhava nem limpava.

Meu estômago roncou com a notícia.

— Ótimo. Já vou sair.

Mamãe fechou a porta e eu saí da cama, vestindo um moletom cinza e uma camiseta dos Yankees. Decidido a encerrar a reunião com meu pai, parei em seu escritório a caminho da cozinha. A porta de madeira escura estava fechada, então bati.

— Entre.

Revirei os olhos azuis e girei a maçaneta. Entrei na sala que cheirava a couro e charutos.

— Você queria me ver.

Ele se levantou e contornou a mesa, abrindo os braços.

— Feliz Aniversário, filho.

Pisquei e meus braços se abriram por conta própria.

— Uh, obrigado.

— Sente. — Apontou para as cadeiras de couro no meio das costas na frente de sua mesa de madeira pesada. Estava na ponta da língua dizer a ele que Maggie estava fazendo o café da manhã e eu estava morrendo de fome, mas sabia que não devia responder a meu pai, então me sentei. Ele voltou e se sentou em sua cadeira, colocando as mãos cruzadas em cima da mesa. — Qual é a sensação de ter dezoito anos?

Eu grunhi.

— O mesmo que dezessete.

Ele riu.

— Isso vai mudar conforme você for envelhecendo. — Concordei com a cabeça, sem saber o que dizer. Ele continuou, após uma breve pausa: — Esta noite, eu tenho planos para você.

Engoli.

— Que tipo de planos?

Um sorriso sinistro se espalhou por seu rosto.

— Esta noite, você vai se tornar um homem.

PRESA

Capítulo 4

Dias atuais, dezessete anos de idade

Nos últimos cinco anos, não estive no térreo. Quando tive uma dor de dente, um dentista teve que vir à cobertura para me ajudar, e quando eu tive uma infecção na garganta, um médico teve que fazer uma visita domiciliar.

Madame não me deixava sair.

Eu não entendia por que, e ninguém me dizia nada. Achei que fosse porque todo mundo tinha medo de Madame. Uma noite, Bev desapareceu e a única coisa que sabíamos é que ela irritou Madame e então a garota foi embora. Eu nem tinha certeza de como Bev deixou Madame irritada, porque o único momento em que eu tinha permissão para ir no andar principal era quando tinha que limpar os quartos.

Quando era mais jovem, não tinha percebido que as meninas tinham que entreter os homens mais de uma vez por mês. Pensei que era apenas quando Madame dava festas. Mas uma vez que comecei a limpar os quartos, percebi que estava enganada. Parecia uma porta giratória. Isso afetou minhas aulas com Erin, e às vezes tínhamos que ficar acordadas até tarde no quarto dela para completar o cronograma do dia, pois ela não queria que eu ficasse para trás. Queria que eu fosse inteligente, para que quando eu pudesse ir embora, conseguisse me virar sozinha.

Kimberly Knight

Colocando um lençol branco em uma das camas tamanho queen no andar principal, parei quando ouvi o barulho de saltos vindo pelo corredor. Madame já não me tratava como sua filha — embora nunca tivesse realmente tratado. Eu me tornei apenas mais uma das garotas. Eu ainda não tinha permissão para ter nada em meu quarto, exceto meu material de pintura, música e os livros que peguei emprestado das meninas. Pegava os livros de seus quartos quando as visitava para conversas de garotas, e sempre os devolvia dentro de um ou dois dias, quando terminava de lê-los.

O primeiro que peguei foi de Leanne. Achei que seria como *Cannery Row*, de John Steinbeck, um dos livros que Erin me mandou ler para os estudos, que me lembrava de como as meninas e eu vivíamos com homens indo e vindo para fazer sexo. Foi quando percebi que Madame tinha um bordel e os homens pagavam para transar. Pelo menos, presumi que Madame era paga. As meninas me disseram que não recebiam nenhum dinheiro, apenas presentes dos homens, como livros, doces e flores. O livro que roubei de Leanne abriu meus olhos para o que acontecia por trás de portas fechadas e porque ouvi muitos gemidos e grunhidos. O livro também me deu esperança de que um dia eu encontraria um homem que se apaixonaria por mim e me levaria embora para viver feliz para sempre. Todos os livros que peguei emprestado das garotas terminaram dessa forma.

Às vezes, eu sonhava acordada com esse dia. Meu príncipe subia no elevador, dizia à Madame que estava apaixonado por mim e então me levava para o Havaí — ou para qualquer lugar, na verdade. A única luz do sol que eu já vi foi na varanda, e eu só conseguia ir para lá quando a Madame não estava em casa e eu não tinha quartos para limpar.

— Zell — Madame chamou, ficando na porta do quarto que eu estava limpando.

Eu me virei.

— Sim, senhora?

— Reúna todas as garotas e diga a elas para colocarem suas melhores roupas. Quero que pegue nosso melhor uísque e espere para servi-lo na sala de estar. Diga a elas para se apressarem.

— Sim, senhora. — Não hesitei ou questionei. Quando ela mandava alguém fazer algo, a gente fazia. Comecei a me apressar, mas suas palavras me pararam.

— E Zell.

Eu a encarei.

— Sim, senhora?

— Veja se consegue encontrar algo melhor para vestir.

— Sim, senhora.

Subi correndo as escadas dos fundos e bati na porta de Erin, porque era a primeira e na diagonal da minha no final. Ela abriu alguns momentos depois.

— Erin. Depressa! — sibilei.

— O que há de errado, Zell?

— A Madame disse para reunir todas as meninas e dizer para elas colocarem suas melhores roupas e descerem para a sala de estar. Ela quer que eu me vista bem também e que eu pegue o melhor whisky para servir. Mas eu não sei qual é o melhor whisky ou como servi-lo.

Os olhos de Erin se arregalaram.

— Isso significa que um VIP está chegando.

— Um VIP?

— Uma pessoa muito importante ou, neste caso, um cliente muito importante.

Eu fiz uma careta.

— Quem poderia ser?

Erin encolheu os ombros.

— Qualquer homem, na verdade.

— Como quem?

— O prefeito, um juiz, alguém de Wall Street.

— Todos eles vêm aqui?

Erin passou por mim e bateu na porta de Carla.

— Sim.

— Uau. O que devo vestir?

— Bem, nós usamos lingerie, mas já que você só está servindo as bebidas, vou encontrar algo para você. — Carla abriu a porta e Erin disse a ela o que estava acontecendo antes de se virar para mim novamente. — Vá dizer às outras garotas, e eu vou pegar algo para você se trocar.

Fiz exatamente isso, contando a Leanne, Clarissa, Tifarah e Krissy, que tinha se juntado às outras recentemente, o que Madame havia me contado. Então eu voltei para o quarto de Erin. A porta dela estava aberta e eu entrei. Ela tinha um vestidinho preto em sua cama.

— Isso é para mim? — Apontei para a peça.

Ela ergueu os olhos do espelho, onde estava retocando a maquiagem.

— Sim. Deve caber em você.

— Onde você conseguiu isso?

— Eu estava usando na noite em que os homens da Madame... — Esperei que continuasse, mas, em vez disso, ela disse: — Vá se vestir. Você não quer se atrasar.

Eu dei um aceno rápido, peguei o vestido da cama e fui para o meu quarto. Depois de colocá-lo, olhei no espelho, imaginando o que deveria fazer com meu cabelo loiro. Mesmo com Tifarah cortando ao longo dos anos, ainda era longo e chegava até a altura dos meus joelhos.

Decidi deixá-lo solto.

Deslizando na sapatilha preta que eu usava o tempo todo, saí do meu quarto para o andar principal. As meninas estavam todas esperando em várias cores de sutiã e calcinha, e parecia que seus cabelos e maquiagem tinham sido retocados. Todas elas ficaram em uma fila de frente para o elevador, esperando.

Meu olhar encontrou o de Erin, que cutucou a cabeça em direção à mesa de café, onde uma garrafa de vidro com um líquido âmbar estava em uma bandeja preta ao lado de dois copos. Peguei a bandeja e murmurei:

— Obrigada. — Assim que o som de saltos veio da escada dois andares acima, me movi para me juntar à fila de meninas. Uma vez que Madame estava no andar principal, ela caminhou até cada garota como se as estivesse inspecionando, com as mãos atrás das costas. Então chegou em mim.

— Onde você conseguiu isso? — Sacudiu a alça espaguete do vestido.

Engoli.

— Erin, Madame.

Madame olhou para a jovem e depois de volta para mim.

— Muito bem.

O elevador apitou e meu coração começou a bater mais rápido no peito. Eu não tinha certeza do porquê. Tudo o que faria seria estender a bandeja para a pessoa pegar seu whisky. Eu não ia dizer uma palavra, mas me senti como se fosse desmaiar. Foi a primeira vez que vi um cliente e, quando ele saiu do elevador, não estava sozinho.

Uma versão mais jovem dele o seguiu.

Uma versão mais jovem que talvez tivesse a minha idade.

Uma versão mais jovem que fez meu estômago se revirar e a bandeja em minha mão tremer.

Não consegui desviar o olhar dele, começando com a forma como seu cabelo castanho-escuro era um pouco longo e penteado de uma forma casual, como o seu terno que envolvia seu corpo, e com os seus olhos quando encontraram os meus. Eu não sabia dizer de que cor eles eram, mas queria me perder neles. Foi a primeira vez que vi um menino da minha idade em cinco anos. Já tinha visto meninos antes quando ia ao parque, mas só passava meu tempo alimentando os patos e curtindo o sol. Agora que tinha lido alguns romances, sabia que havia mais por aí. Queria encontrar alguém que me amasse.

— Frank — Madame cumprimentou, abrindo os braços e caminhando em direção a ele. — É tão bom ver você.

Eles se abraçaram e Frank respondeu:

— Você também, Saffron. Já faz um tempo.

— Sim, mas está tudo bem aqui. Esse deve ser Frank Jr. — Ela o abraçou também e eu sorri. Frank Jr. Agora eu sabia seu nome.

— Olá — respondeu Frank Jr.

Madame se afastou.

— Na verdade, nós já nos conhecemos, mas se passaram vários anos. Você se tornou um jovem muito bonito.

Eu nunca tinha visto Madame ser tão gentil.

— Sim, ele se tornou — respondeu Frank e deu um tapinha nas costas de Frank Jr.

— Aqui. — Madame pegou o whisky na minha bandeja e os dois copos. Ela se virou e entregou um para cada homem. — Algo para você saborear enquanto decide.

Decidir o quê? Eu me perguntei.

Frank Jr. dispensou o whisky.

— Não, obrigado.

Madame sorriu.

— Ah, vamos lá. É seu aniversário.

— Eu prefiro vodca.

Madame estalou os dedos para mim, e eu entendi que isso significava que eu deveria pegar vodca para Frank Jr. Eu não tinha ideia do que era vodca, mas quando corri até onde a bebida estava, uma garrafa estava rotulada como Vodka Grey Goose. Coloquei um pouco em um copo vazio e, quando me virei para voltar, o olhar dele estava em mim. Meu rosto esquentou e eu olhei para o chão, incapaz de devolver seu olhar. Por que ele estava me encarando?

Entreguei a bebida para ele, meu olhar no chão de madeira cinza.

— Obrigado — sussurrou, e isso me fez olhar para ele. Ele tinha olhos azuis como o oceano no Havaí com que sonhei inúmeras vezes.

— De nada — sussurrei de volta.

Eu recuei para a fila, sem saber o que fazer. Percebi que Frank Jr. não bebeu vodca e me perguntei por quê. Eu cometi um erro? Esperava que não, porque isso deixaria Madame irritada e, com a minha sorte, ela me trancaria em meu quarto por seis meses.

— Agora, filho — Frank apertou o ombro de Frank Jr —, esta noite, você pode ter qualquer uma dessas mulheres. Mais de uma, se quiser.

Meu coração, que finalmente havia voltado às batidas normais, parecia que estava quebrando no peito enquanto eu ouvia o que Frank dizia. Claro, era por isso que eles estavam aqui.

— Eu disse que não era virgem — disse o jovem, em voz baixa.

Frank deu uma risadinha.

— Pode ser, mas qualquer uma dessas mulheres vai se certificar de que você seja bem cuidado. Você pode aprender algumas coisas. É seu aniversário, aproveite.

Frank Jr. respondeu, sua voz ainda baixa:

— Prostitutas não são a minha praia.

— Essas são as melhores que existem, filho. Você estará em boas mãos. Faça sua escolha, e então eu poderei escolher a minha.

— E se eu não fizer? — Frank Jr. perguntou.

— Então você vai me irritar — afirmou Frank, dando ao filho um olhar severo.

— Posso lhe garantir — interrompeu a Madame. — Todas as minhas meninas são saudáveis e bem treinadas. Não são como meninas do ensino médio. — Ela riu.

Frank Jr. olhou para o pai por outro momento e depois deu um passo em direção à fila de garotas. Ele ainda não tinha tomado um gole de vodca na mão, e isso me deixou nervosa. Eu não tinha certeza do que a senhora faria comigo se Frank Jr. pedisse outra coisa. Gray Goose não era uma boa marca?

Assim como Madame havia feito há menos de dez minutos, Frank Jr. passou por cada garota, olhando-as de cima a baixo, da cabeça aos pés, e de volta para cima. Quando ele chegou ao final, eu esperava que ele voltasse na fila, porque ainda não tinha tomado uma decisão. Em vez disso, ele parou na minha frente, olhando para Frank e Madame.

— Eu escolho ela — disse ele.

Meus olhos se arregalaram quando Madame disse em voz alta:

— Zell não é uma das garotas.

— Ela, não é? — Frank Jr. questionou e virou a cabeça para olhar para mim.

Abaixei meu olhar, esperando a resposta de Madame. Esperava que ela dissesse algo sobre eu ser sua filha e, portanto, fora dos limites. Em vez disso, completou:

— Ela nunca esteve com um homem antes. Não saberia o que fazer. Escolha uma das outras. Elas vão mostrar a você como se divertir.

Meu rosto ficou quente de novo e tive certeza de que parecia um tomate. Não pude acreditar que Madame havia dito a Frank Jr. que eu era virgem. Li sobre uma virgem uma vez. Ela conheceu um cara com um helicóptero e fez um sexo estranho com ele. Ela parecia gostar, mas isso não significava que eu estava pronta para que esse lindo garoto soubesse que eu era virgem.

— Isso é verdade? — Frank Jr. perguntou, olhando nos meus olhos. — Você é virgem? — Acenei, sem conseguir falar, ele se voltou para a Madame e seu pai. — Então, sim, eu a quero.

— Ela nem está preparada — Madame disse a Frank.

— Filho, por que você não escolhe outra pessoa?

— Com todo o respeito, pai, você me trouxe aqui, para o que mesmo? Me tornar um homem? Ser homem é escolher com quem eu quero dormir, e eu escolho...— Ele parou por um momento. — Zell.

A bandeja que eu ainda segurava caiu de minhas mãos e se espatifou no chão. O olhar da Madame estalou para mim, e meus olhos se arregalaram antes que eu rapidamente me inclinasse para pegá-la. Meu coração estava batendo tão rápido no peito que eu tinha certeza de que Frank Jr. podia ouvir. Mantive o olhar no chão, sem conseguir encarar ninguém. Eu não conseguia acreditar que isso estava acontecendo.

— Frank — Madame cortou.

Prendi a respiração, esperando a resposta de Frank.

— Não é como se eles fossem parentes, Saffron.

— Mas...— Ela hesitou.

— O menino quer e pronto.

— Pelo menos permita que ela fale com as meninas para um pouco de treinamento primeiro.

— Isso não será necessário — afirmou Frank Jr.

Kimberly Knight

Meus olhos dispararam para ver que ele estava olhando para mim.

— Filho.

— Um *homem* pode dominar o quarto, pai. Não preciso que Zell seja treinada. Eu posso fazer isso.

Engoli em seco e me belisquei para ver se estava sonhando. Eu não estava.

Todo mundo estava em silêncio, e tudo que eu podia ouvir era o relógio na parede perto da lareira.

Tique-taque...

Tique-taque...

Tique-taque...

— Tudo bem. É seu aniversário, e eu disse que você poderia ficar com quem quisesse. Qual quarto eles devem usar? — Frank perguntou à Madame.

Ela suspirou.

— Me siga.

Frank Jr. se virou e começou a andar atrás da Madame. Krissy me cutucou para que o seguisse e corri atrás deles para a primeira sala à direita. Madame abriu a porta e Frank Jr. entrou. Pouco antes de cruzar a soleira, a senhora agarrou meu braço com força.

— Não me envergonhe. Você entendeu?

Eu concordei.

— Faça o que ele pedir. Não me importa se você não sabe como ou se dói. Ele deve ficar satisfeito e, se não estiver, sua cabeça vai rolar.

Eu engoli em seco, sabendo que ela falava sério. Afinal, ela se livrou de Bev em um piscar de olhos.

Capítulo 5

FRANKIE

Eu finalmente consegui superar meu pai.

Enquanto a limusine dirigia os poucos quarteirões do nosso apartamento até o bordel, pensei em como poderia me livrar desse presente de aniversário. Eu não queria fazer sexo com nenhuma prostituta, e por que meu pai pensou que seria algo que eu estaria interessado estava além da minha compreensão. Decidi que escolheria uma mulher e, em seguida, navegaria no Instagram por uma hora enquanto ela gemia e mexia na cama como se estivéssemos transando. Seria isso que eu ia pagar pra ela fazer — não sexo de verdade. Seria uma vitória para nós dois.

Então eu vi Zell.

Meu primeiro pensamento foi como alguém tão jovem já era uma prostituta. E ela não era apenas jovem, era deslumbrante e facilmente a garota mais bonita que eu já vi. Tinha um olhar doce e inocente, e isso me confundiu ainda mais. Além disso, eu nunca tinha visto alguém com um cabelo tão comprido antes.

E então percebi que ela estava nervosa.

Talvez ela não fosse uma prostituta como as mulheres que vestiam quase nada. Ela não estava vestida como elas, não usava maquiagem e seu cabelo não tinha cachos — nem mesmo penteado. Eu não precisava de nenhuma prostituta quando poderia ter qualquer garota na escola com um estalar de dedos, então me arrisquei e a escolhi.

Sorri para mim mesmo quando sentei na ponta da cama e a porta se fechou atrás de Zell.

— Você pode relaxar.

Seus olhos azuis encontraram os meus.

— Não estou nervosa.

— Então, eu sou a porra do Rei da Inglaterra. — Eu ri.

— Você é?

Um sorriso lentamente apareceu no meu rosto e eu me diverti com sua brincadeira.

— Tudo bem, talvez você não esteja nervosa. — Mas ela estava. Eu poderia dizer pelo jeito que ela desviou o olhar do meu, a maneira como torceu as mãos na frente de si, e como mordeu o lábio inferior como se estivesse surtando.

Zell não disse nada, então eu prossegui:

— Sente-se. Não vamos trepar.

Seu olhar voltou para o meu novamente.

— Nós não vamos?

Neguei com a cabeça.

— Não, não vamos.

Ela se moveu e se ajoelhou na minha frente. Um pensamento passou pela minha mente: ela alcançando meu cinto para liberar meu pau. Eu queria isso, mas não nessas circunstâncias, mesmo que fosse um bordel de luxo no Upper East Side. Fiquei atraído por Zell e se ela fosse à minha escola ou eu a visse em alguma festa, não hesitaria em selar o acordo com ela.

— Por favor? — implorou. — Temos que fazer.

— Não, não temos — afirmei.

Seu lábio inferior começou a tremer e ela sussurrou:

— Por favor?

— Ei. — Segurei sua bochecha. — Por que você vai chorar?

— Madame vai… — Ela parou.

— Sim?

— Ela vai ficar brava se eu não te satisfizer.

— Me satisfazer? — Eu ri. — É assim que você fala?

— Eu não entendo.

Abaixei a mão.

— Bem, entenda isto: nós não vamos dormir juntos. Você tem um passe livre. Eu não direi à Madame ou qualquer porra que você a chame que não dormimos juntos. Eu direi a ela que você me satisfez de todas as maneiras possíveis, e então irei embora. Você nunca mais me verá.

— Você vai mentir?

— Claro que vou. Eu não sou um filho da puta doente que quer tirar sua virgindade.

— Então o que vamos fazer?

— Em primeiro lugar, levante-se, porra. — Ela se levantou sem hesitar. — Agora, eu não sei. — Dei de ombros. — Trance o cabelo ou algo assim.

Ela estendeu a mão para trás, reuniu seu longo cabelo loiro e começou a trançá-lo.

— Você está falando sério? — questionei.

— Pensei que fosse isso que você queria?

Peguei meu telefone.

— O que eu quero é que esta hora passe para que eu possa dar o fora daqui e terminar com este dia. Meu pai é louco, e eu prefiro estar festejando com meus amigos. Sem ofensa.

— Então, você não quer que eu trance meu cabelo?

Eu a encarei por vários momentos. Ela era real? Como ela não entendeu que íamos fingir tudo e a noite acabou?

— Quantos anos você tem?

Mesmo que ela parecesse ter a minha idade, ela tinha que ser muito mais jovem — o que me assustou —, porque ela era muito ingênua.

— Dezessete, quase dezoito.

Eu hesitei.

— Que escola você frequenta?

— Escola?

Acenei ligeiramente.

— Sim, sabe, onde você tem aulas.

— Oh. — Ela sorriu, e foi a primeira vez que vi um pouco de felicidade cruzar seu rosto. — Erin me ensina.

— Erin? Quem é Erin?

— Uma das meninas. Ela costumava ser professora antes de vir para cá, e Madame a fez ser minha professora desde que me lembro.

— Então, você estuda em casa?

Zell encolheu os ombros.

Kimberly Knight

— Acho que você pode dizer isso.

Acredito que isso explica algumas coisas. Eu não conhecia nenhuma criança que fosse educada em casa, então talvez eles não soubessem como reconhecer sarcasmo.

— Bem, eu não quero que você trance seu cabelo, a menos que queira. Vamos apenas sentar aqui por um tempo, e então podemos ir embora. Parece bom? — sugeri.

— Certo. — Ela continuou de pé.

— Você pode sentar na cama se quiser. Eu não vou morder.

— Ok. — Zell se moveu para se sentar atrás de mim, suas costas contra a cabeceira da cama com barras de metal.

Navegando pelo Insta, meus amigos estavam em uma festa, como de costume, enquanto eu estava preso em uma sala e meu pai estava no corredor traindo minha mãe com uma prostituta. Não foi a primeira vez que ele a traiu. Eu o tinha visto inúmeras vezes com várias mulheres entrando e saindo de sua limusine. A princípio, pensei que fossem sócios de negócios, mas então eles se beijaram e eu tive a verdadeira resposta sobre quem elas eram. Enquanto minha mãe estava em casa, bebendo seu martini todas as noites, meu pai estava transando. Como hoje.

Eu o odeio.

Quando me sentei na ponta da cama, pensei comigo mesmo que talvez me levar ao bordel fosse sua maneira de me fazer seguir seus passos. Eu já estava vendendo para ele — para o negócio da família — e agora ele me apresentara a prostitutas. Ele estava me preparando para ser como ele?

— Frank Jr.?

Eu bufei.

— É Frankie.

— Ah. — Zell respirou. — Eu gosto mais desse.

Eu sorri, ainda olhando para o meu telefone.

— Eu também.

— Só estava me perguntando por que você não quer fazer sexo comigo.

Parei por um momento e depois me virei, dobrando meu joelho para apoiá-lo na cama, meu outro pé no chão.

— Não me entenda mal, princesa. Eu foderia você em um piscar de olhos.

— Então por que você disse que não vamos?

— Porque você não quer. — Sinceramente, não achei que nenhuma das mulheres do bordel quisesse. Claro, talvez o dinheiro fosse bom, mas era algo que elas realmente gostavam? E a maneira como Zell reagiu quando a escolhi ... Eu tinha quase certeza de que ela não queria, especialmente porque era virgem.

— Eu... eu tenho que fazer.

— Por quê? Por que você está aqui se não faz sexo com clientes? — questionei.

Zell franziu as sobrancelhas.

— O que você quer dizer? Eu moro aqui.

Franzi minha sobrancelha.

— Você vive aqui?

— Madame é minha mãe.

Meu queixo caiu.

— Você está falando sério? — Ela acenou com a cabeça. — Você está me dizendo que sua mãe acabou de vender sua virgindade?

Ela abriu a boca para responder, mas nenhuma palavra saiu. Embora, pensando bem, meu pai quase que fez a mesma coisa porque, se eu fosse virgem, ele pagaria a alguém para fazer sexo comigo.

— Quando você faz dezoito anos?

— Não até o final de janeiro.

— Isso é cerca de apenas um mês de distância — eu disse.

— Então?

— Então, o que você planeja fazer quando fizer dezoito anos?

Ela inclinou a cabeça.

— Por que minha idade é importante?

— Porque você será adulta.

— O que isso significa?

— Significa, que vai poder sair e fazer o que quiser.

Zell bufou.

— Eu não posso sair.

— E porque não?

— Madame não vai permitir isso.

Eu a encarei por um momento, processando suas palavras.

— Você está me dizendo que não pode sair?

— Sim. Eu costumava ir alimentar os patos no parque, mas isso parou quando eu fiz doze anos.

— Quer dizer que você não sai há mais de cinco anos?

— Bem, eu estive na varanda quando a Madame não está em casa.

Kimberly Knight

— Zell...

Uma batida soou na porta, me interrompendo.

— Vamos — meu pai gritou.

— Merda — murmurei baixinho.

— O que fazemos sobre a coisa do sexo? — ela perguntou.

— Eu disse que vamos mentir.

— Ok.

Eu me levantei, não querendo deixar meu pai esperando ou ele ficaria furioso.

— Me prometa que, assim que fizer dezoito anos, você deixará este lugar.

— Eu não posso. — Zell se levantou para me seguir.

— Por que não?

— Porque o guarda do elevador vai me parar.

— E quanto às outras garotas?

— Eles também não podem sair.

— Por quê?

Ela encolheu os ombros.

— Eu não sei.

Eu queria pegar Zell pela mão e levá-la comigo, mostrar a essa Madame que ela não podia manter essa pobre garota trancada. Mas sair com Frank Russo não era necessariamente a melhor ideia, porque não havia como dizer o que ele faria com ela, especialmente porque eu não conhecia seu relacionamento com Madame.

Coloquei minhas mãos ao lado dos braços de Zell e olhei em seus olhos azuis.

— E se eu voltar? Podemos descobrir como tirar você daqui?

— Você faria isso?

Dei de ombros.

— Se você quiser.

— Como faríamos isso?

— Ainda não sei, mas volto, se quiser.

Ela sorriu novamente.

— Eu gostaria disso.

Capítulo 6

ZELL

Observei Frankie caminhar em direção ao elevador com o Sr. Russo e a Madame. Fiel à sua palavra, ele disse à Madame que eu o satisfiz completamente e que voltaria. Queria que voltasse, porque gostava de conversar com ele. Também gostei que ele não me obrigou a fazer sexo. Eu estava muito nervosa.

Encarei meu novo amigo quando entrou no elevador. Antes que as portas se fechassem, uma mão envolveu meu pulso e começou a me levar pelo corredor em direção à escada dos fundos. Quando me virei para ver quem era, percebi que era Clarissa.

— Eu preciso limpar o quarto — eu disse.

Ela me soltou.

— Merda. Ok. Vá limpá-lo e me encontre com as garotas no quarto de Erin quando terminar.

— Por quê?

Ela franziu a testa.

— Porque precisamos ter certeza de que você está bem.

— Estou bem. — Eu sorri, pensando em meu novo amigo. Estava animada para contar a elas sobre ele.

— Zell, você acabou de fazer sexo pela primeira vez. Vamos cuidar de você depois.

— Eu... — Eu ia dizer a ela que Frankie e eu não fizemos sexo,

Kimberly Knight

mas o barulho dos saltos da Madame ficou mais alto e eu sabia que ela estava vindo em nossa direção.

— Venha para o quarto de Erin quando terminar — ela sussurrou, e então correu para a escada dos fundos.

Eu balancei a cabeça e entrei na sala que ela tinha usado com o Sr. Russo, esperando que Madame não viesse falar comigo. Os cliques ficaram cada vez mais altos quando comecei a tirar a roupa da cama e, pouco antes de Madame chegar ao quarto, lembrei-me das câmeras. Eu as tinha visto nos últimos cinco anos em que tinha limpado os quartos, mas estava tão nervosa que tinha me esquecido delas. Eu respirei fundo. Ela saberia que Frankie e eu não dormimos juntos. Ela saberia que ele mentiu para ela. Ai, meu Deus, eu estava ferrada. Será que eu estava? Frankie disse que o satisfiz. Ele não disse que fizemos sexo.

"Faça o que ele pedir. Não me importa se você não sabe como ou se dói. Ele deve ficar satisfeito e, se não estiver, sua cabeça vai rolar."

Isso seria minha a minha salvação? Frankie fez de propósito? Mas as câmeras...

Madame parou na porta e eu engoli em seco, esperando por sua ira. Esperando que ela me dissesse que sabia o que realmente aconteceu atrás da porta fechada. Ela colocou a mão na cintura e olhou para mim.

— Não se esqueça do quarto que você usou.

Eu pisquei. *Quê?* Por que ela não estava com raiva? Ela tinha que saber que não aconteceu nada. A menos que ela não tivesse visto a fita ainda. Isso era possível?

— Sim, senhora — respondi, e voltei a tirar a roupa da cama, esperando que isso encerrasse a conversa.

Madame não se afastou e eu a senti me encarar por alguns momentos. Ela estava olhando para ver se eu estava diferente de alguma forma? Perder a virgindade faz isso? Eu agiria de maneira diferente se tivesse dormido com Frankie? Finalmente, ela foi embora.

O clique de seus saltos ficava mais suave a cada passo. Eu geralmente relaxo quando ela sai de um ambiente, mas desta vez, não o fiz. Era apenas uma questão de tempo antes que ela descobrisse a verdade.

Se ela ainda não soubesse.

Quando terminei a limpeza, subi para o quarto de Erin. Todas as meninas estavam esperando.

— Como você está se sentindo? — Erin perguntou.

Krissy estendeu as mãos.

—Trouxe para você uma aspirina e água.

— Eu preparei um banho para você — afirmou Tifarah.

Olhei para a câmera no canto do quarto de Erin.

— Madame não estava brava.

Erin franziu a testa.

— Por que ela ficaria brava?

Baixei minha voz, esperando que a câmera não captasse o que eu ia dizer.

— Porque ela vai saber que não fizemos sexo.

— Você não fez? — Carla perguntou.

Eu neguei com a cabeça.

— Não, ele não queria.

— Por que você está sussurrando? — Clarissa questionou.

— Por causa das câmeras.

— Elas não têm áudio — garantiu Tifarah.

— Elas não têm?

Ela balançou a cabeça.

— Não, apenas vídeo.

— Ah. — Minha voz voltou ao normal. — Bem, eu não entendo porque ela não está brava, já que não fiz sexo com Frankie.

— Ela não vai descobrir — garantiu Clarissa.

Todos se viraram para ela, e Erin perguntou:

— O que você quer dizer?

— O Sr. Russo a lembrou de desligar as câmeras antes de entrar comigo.

— E ela desligou? — Leanne questionou.

Clarissa encolheu os ombros.

— Eu não sei ao certo, mas você sabe que se o Sr. Russo descobrisse, ele ficaria puto.

— Por quê? — perguntei. — Quem são eles?

As garotas se entreolharam, e então Erin disse:

— Não temos cem por cento de certeza, mas o Sr. Russo e a senhora são próximos. Ele fornece os músculos e também traz clientes.

— Os músculos? — questionei.

Kimberly Knight

Erin encolheu os ombros ligeiramente. — Você sabe, Tyler, Ricardo, Marcus e os outros que estiveram aqui ao longo dos anos. — Ela estava se referindo aos guardas.

— Oh. — Eu respirei. — Como ele encontra esses caras?

— Essa é a pergunta de um milhão de dólares, Zell — afirmou Leanne. — Não sabemos de onde *ninguém* vem.

Eu li livros com pessoas más neles: traficantes, chefes da máfia, clubes de motoqueiros que assassinam pessoas. Às vezes eu gostava desses personagens, mas outras vezes, eu os odiava. Ler essas histórias me levou a acreditar que a Madame estava certa quando me disse que eu não poderia ir a lugar nenhum, a não ser para alimentar os patos, porque a cidade era perigosa.

— Eles são pessoas más? — perguntei.

— Você quer dizer o Sr. Russo e seu filho? — Carla perguntou. Eu concordei. — Nunca tínhamos visto ou conhecido seu filho antes, mas temos quase certeza de que o Sr. Russo é um cara mau.

— Por quê? — sussurrei.

Fiquei chocada. Frankie parecia um cara bom. Eu não conhecia o Sr. Russo, claro, mas me assustava pensar que as meninas tinham que dormir com assassinos e traficantes.

Erin fez um gesto para que eu me sentasse na beira da cama. Eu fiz, e ela agarrou minha mão.

— Zell, há tanto que você não sabe. Você acha que todas nós fazemos isso porque queremos?

Olhei ao redor da sala para cada uma das minhas amigas. Eu conhecia algumas de suas histórias. Erin tinha sido professora e Leanne era técnica de farmácia. Tifarah era cabeleireira, Carla era garçonete, Clarissa trabalhava em uma loja de roupas e Krissy era assistente de um dentista, embora não aquela que tinha ido à cobertura para consertar meus dentes. E eu... Eu nasci aqui? Pelo que me lembro, sempre morei na cobertura.

— Vocês não querem? — Eu sabia que havia uma vida fora da casa, mas pensei que as meninas tivessem vindo sozinhas.

Todas elas bufaram de tanto rir.

— Acho que ninguém escolhe esta vida — declarou Krissy.

— Então por que você está aqui? — questionei.

Antes que alguém pudesse responder, o som dos saltos de Madame estalou no corredor no final onde ficava a escada principal. Todas se espalharam, voltando para seus próprios quartos, incluindo eu. Ou pelo menos eu tentei.

— Zell! — Madame gritou.

Parei no meio do caminho, minhas costas ficando retas, e então me virei para encará-la.

— Sim, senhora?

— Eu vim verificar você. — Tentei não demonstrar emoção, mas fiquei chocada, completamente perplexa. Ela estava me checando? — Como você está se sentindo?

— Eu estou… — Hesitei porque me perguntei se deveria continuar a mentira que Frankie havia começado. Clarissa disse que as câmeras estavam desligadas. Devo dizer a verdade à senhora?

Madame não me deixou decidir.

— Sua primeira vez pode ser dolorosa. Frankie foi gentil?

Eu sorri. Esse foi real, porque Frankie foi gentil e eu mal podia esperar para vê-lo novamente.

— Sim, ele foi muito legal comigo.

— Bom.

Eu tinha outras perguntas, mas estava com medo de fazê-las à Madame. Pela primeira vez, ela não estava gritando ou com raiva, e eu não queria incomodá-la. Também estava claro que ela desligou as câmeras, como o Sr. Russo havia mandado. Achei que Madame comandava as coisas, mas, à luz disso, não tinha tanta certeza. O Sr. Russo obviamente tinha algum tipo de controle sobre ela.

— Descanse um pouco. Tudo volta ao normal pela manhã — ordenou.

Eu concordei com a cabeça e corri para o meu quarto.

CAPÍTULO 7

Vinte anos atrás.

Frank Russo e Dominic, seu irmão mais novo — por apenas dois minutos —, pensaram que nada poderia impedir seu reinado na cidade de Nova York. Seu pai, Giovanni, havia fundado o Império Russo antes de morrer de câncer de pulmão, e Frank e Dominic seguiram seus passos. Frank dirigia as drogas e Dominic as prostitutas. Todo mundo sabia que não devia mexer com os irmãos Russo, a menos que quisesse uma bala entre os olhos e que o corpo fosse parar no porto.

Ironicamente, uma bala encontrou um lugar de descanso entre os olhos de Dominic em uma noite fatídica.

Nada que os Russos faziam era legal, exceto a nova boate de Frank, que era apenas uma fachada para seu negócio de drogas. Dominic encontrou as meninas para financiar seu negócio à moda antiga. Uma mulher andando sozinha pela cidade, com a guarda baixa. Um dos homens de Dominic atrairia a mulher desavisada para um beco escuro, ou um carro à espera, ou qualquer outro lugar onde pudessem ter vantagem. Em seguida, eles levariam a moça para um armazém onde seria preparada pela esposa de Dominic, Saffron. Ela entraria e diria às mulheres que agora eram propriedade dos Russos. Seriam preparadas física e mentalmente, e informadas de que, se não seguissem as ordens, seriam mortas. E nunca mais veriam sua família e amigos novamente.

Houve algumas sortudas que não foram vendidas a vários homens ao redor do mundo. Não, as poucas mulheres sortudas viviam no Upper East Side em uma cobertura com vista para o Central Park sob os olhos de Saffron.

Claro, tinham consequências por viver uma vida elevada. Elas não tinham permissão para deixar a cobertura, não importava a hora do dia ou da noite, e se um cliente entrasse e as escolhesse para se divertir, tinham que fazer isso, sem questionar.

O plano de negócios funcionou para Dominic e Saffron por vários anos. Eles não moravam na cobertura, então não misturavam negócios com prazer e, finalmente, estavam ganhando seu próprio dinheiro. Eles estavam planejando começar uma família, já que o negócio estava crescendo.

Mas Dominic morreu antes que eles pudessem ter um bebê.

A noite em que ele foi morto se deu porque seus homens pegaram a prostituta errada. Todo cafetão e traficante conhecia as regras, a principal delas era que eles só poderiam pegar a garota de outro cafetão se ela o escolhesse. *Escolher* era quando a prostituta fazia contato visual com outro cafetão. Aquele cafetão agora era dela, e se o cafetão original a quisesse de volta, teria que pagar uma taxa. A prostituta que escolheram naquela noite cometeu o erro de erguer os olhos de seu posto, mas os homens de Dominic não eram cafetões, eram músculos. Sem pensar, levaram a prostituta para o armazém, sem perceber que seu cafetão estava olhando. Seu cafetão sabia quem eram os Russos e, embora nas ruas soubessem que não se devia foder com eles, Manny estava apenas começando seu próprio negócio e pensava que poderia se tornar o rei da cidade de Nova York derrubando o Império Russo.

Manny seguiu os homens de Dominic até o armazém com dois de seus próprios homens. Quando pensaram que a barra estava limpa, Manny deu a ordem para ir com armas em punho. Pegaram os homens de Dominic desprevenidos. Estavam em desvantagem numérica de sete a três, e tiveram a vantagem, sendo capazes de dominar os homens de Dominic sem nenhum problema, e os gritos das mulheres eram ouvidos sobre o estalo de cada tiro.

Dominic ouviu a comoção e saiu correndo de seu escritório, arma na mão, esperando conseguir ajudar. O problema era que ele estava sozinho, pois todos os seus homens no armazém estavam mortos ou gravemente feridos. Dominic não era páreo para os três homens que estavam chegando.

Manny foi o primeiro a ver Dominic, e com os olhos apertados, puxou o gatilho antes que Dominic soubesse o que estava acontecendo. A bala o atingiu na testa, o matando instantaneamente. Manny e seus homens presumiram que haviam conseguido. O que eles não sabiam é que Dominic estava ao telefone com Frank quando entraram no armazém.

Justamente quando Manny e seus homens pensaram que estavam livres e prontos para levar sua garota de volta, além de todas as mulheres presas em gaiolas, eles saíram e encontraram seu criador. Frank havia chegado ao local e estava pronto com seus próprios homens para eliminar os intrusos e retomar o que era propriedade dos Russos. Frank olhou para os corpos sem vida do aspirante a cafetão e seu grupo e rosnou:

— Ninguém fode com os Russos e vive.

Dois anos depois, dezoito anos atrás.

A última coisa com que Frank queria lidar depois de um longo dia de trabalho era alguém roubando dele. Ele esperava ir para casa para passar um tempo com seu filho recém-nascido, Frank Jr., mas os negócios vinham primeiro, especialmente quando alguém era um ladrão.

Quando a limusine parou no meio-fio onde Russell caminhava com sua esposa, Frank quase mudou de ideia. Mas se ele permitisse que um cara roubasse, outros se aproveitariam dele.

O grito foi quase ensurdecedor depois que a pobre mulher percebeu que Frank havia matado seu marido.

— Você matou meu marido, porra! — Jackie gritou.

— Eu matei um ladrão.

As lágrimas começaram a rolar por seu rosto e Frank estava a segundos de acabar com a vida dela também, mas ela estava grávida e ele pensou em sua cunhada. Antes de Dominic morrer, ele iria começar uma família. Frank sabia que Saffron sempre quis um filho e agora ele poderia dar isso a ela.

— Você vai me matar também? — Jackie perguntou.

Frank mordeu o lábio inferior.

— Não, eu tenho outros planos para você e seu bebê ainda não nascido.
— Ele instruiu seu motorista a ir para a cobertura em vez de ir para casa.

— O que você vai fazer comigo? — Jackie perguntou, o carro parando no meio-fio.

Frank sorriu.

— Colocar você em uma cobertura, é claro.

Jackie franziu a testa. Ela olhou pela janela, vendo um arranha-céu em frente ao Central Park, mas então olhou para o marido morto, que ainda estava afundado no assento ao lado dela.

— Fora — Frank ordenou, abrindo a porta dos fundos. Ela não hesitou quando saiu.

O porteiro abriu para eles, tirando o boné e cumprimentando Frank. Jackie se perguntou se era aqui que ele morava. Ela estava caminhando para o desconhecido com o homem que acabara de matar seu marido, e agora era como se nada tivesse acontecido. Ela não queria ser a próxima. Tinha um bebê a caminho, e esse bebê era um pedaço de Russell.

Frank e Jackie atravessaram o saguão até os elevadores. Depois que Frank colocou um cartão-chave no elevador que esperava, subiram para o trigésimo terceiro andar. Jackie ainda estava em silêncio, não acreditando que estava indo para uma cobertura. Seu apartamento no East Harlem era uma cabana em comparação com o arranha-céu.

As portas se abriram e ela viu um homem vestindo um terno. Ela viu de relance uma arma saindo de seu paletó.

— Onde está Saffron? — Frank perguntou para o guarda.

— No quarto dela, senhor.

— Chame ela. Agora — ordenou.

— Sim, senhor.

O guarda subiu as escadas e Frank conduziu Jackie a uma cadeira perto de uma mesa de centro.

— Sente.

Ela não hesitou.

Alguns momentos depois, ouviu passos vindos de cima. Jackie virou a cabeça e observou uma linda mulher de cabelos escuros descer, vestida com um longo robe de seda e elegantes pantufas com salto.

— O que você está fazendo aqui? — Saffron perguntou.

Frank sorriu.

— Eu trouxe um bebê para você.

— O quê? — Jackie gritou.

Saffron olhou para ela e estreitou os olhos.

— Eu não vejo um bebê.

Frank agarrou o braço de Jackie, fazendo-a se levantar. Ele rasgou a jaqueta e revelou a barriga de oito meses de Jackie.

— Eu não entendo. — Saffron cruzou os braços. Jackie também não entendeu.

— Ela vai dar à luz em breve, e então você terá seu bebê, aquele que você e Dom não puderam ter juntos.

— Você não pode dar a ela meu bebê! — Jackie protestou.

Frank rosnou.

— Cale a boca! Eu possuo você agora.

— Me possui? — Ela piscou.

— Nesta cidade, eu sou o rei, o que significa que posso fazer o que eu quiser. Seu marido teve a audácia de me roubar, então sim, minha querida, eu possuo tudo de você. O valor que você pode me trazer é a única razão pela qual ainda está viva, então se quiser permanecer valiosa, sugiro que fique quieta e faça o que eu mandar.

CAPÍTULO 8

FRANKIE

Dias atuais.

Desde o momento em que conheci Zell, não conseguia tirá-la da minha cabeça. Ela me disse que foi mantida em cativeiro desde os doze anos. Achei que meu pai fosse ruim, mas isso era pior.

Muito pior.

Que mãe não deixa seu filho sair de casa por mais de cinco anos? E antes disso, só para atravessar a rua para alimentar a porra dos patos? Eu não conseguia nem imaginar não ser capaz de ir e vir quando quisesse, especialmente aos dezessete anos. E pensar que sua mãe quase vendeu sua virgindade.

Meu pai e eu pegamos o elevador até a limusine que estava esperando.

— Você se divertiu? — perguntou, e deslizamos para dentro.

Eu ri.

— Por que eu não iria?

— Porque ela era virgem.

A limusine se afastou do meio-fio.

— Já estive com uma virgem antes.

— Você precisa de uma mulher que vai abalar o seu mundo, filho. Que vai te dar um boquete que vai fazer seus olhos rolarem para a parte de trás da sua cabeça. — Ele piscou.

Kimberly Knight

— É por isso que você trai minha mãe com prostitutas? — Cruzei os braços sobre o peito.

Ele riu e pegou uma garrafa de whisky para se servir de um copo.

— Sua mãe não deitou para mim desde que machucou as costas anos atrás, então sim, por que não ser chupado quando eu sou dono delas?

Eu pisquei.

— É dono delas?

— Sim, a cobertura faz parte do Império Russo.

— Sério? Por que você não me disse isso antes?

Ele tomou um gole do whisky que ele serviu.

— Há muita coisa que você não sabe.

Se eu não tivesse conhecido Zell, provavelmente não me importaria com as funcionárias da cobertura. Eu queria sair do chamado Império Russo. Queria fazer as coisas sozinho e não ter que viver pelas regras do meu pai. Era por isso que a Califórnia estava chamando meu nome. Mas eu tinha que ter conhecido Zell e algo estava me dizendo que precisava ajudá-la. Para tirá-la daquele lugar, embora fosse a cobertura mais bonita que já vi na minha vida.

Então, fingi que estava interessado.

— Então me diga. Eu sou um homem agora.

Meu pai olhou para mim por alguns momentos enquanto a limusine parava em nosso prédio.

— Você está certo. É hora de eu lhe contar sobre o seu tio Dominic e de você começar a seguir os passos dele.

Papai me levou para seu escritório dentro de casa depois que entramos pela porta da frente. Minha mãe não estava à vista. Ela provavelmente estava dormindo, já que passava da meia-noite. Sentei em meu lugar de costume na frente de sua mesa e ele foi pra parte de trás dela e se sentou no seu. Enquanto esperava que ele falasse, eu ri para mim mesmo. Todas as conversas que tivemos ao longo dos anos sobre pássaros e abelhas, e agora esta sobre ter prostitutas, ele tratou como uma reunião de negócios. Eu me sentei na mesma cadeira de couro marrom e esperei que ele me contasse sobre as mulheres. Não havia compaixão nem nada parecido. Sempre foi direto.

Ele acendeu um charuto e eu observei a fumaça subindo no ar.

— Eu sei que não falei muito sobre o seu tio ao longo dos anos. Ele era meu irmão gêmeo e meu melhor amigo.

Eu grunhi ligeiramente. Nunca soube que meu pai teve amigos.

— Como ele morreu? — As únicas coisas que eu sabia sobre o tio Dominic era que ele era irmão gêmeo do meu pai e morreu antes de eu nascer. O mesmo com meu avô do lado da família.

Meu pai soltou outra baforada de fumaça.

— Ele foi baleado.

Ele disse essas três palavras tão casualmente, como se fosse uma coisa cotidiana. Talvez para ele fosse. Eu sabia que meu pai estava com uma arma o tempo todo porque a tinha visto em várias ocasiões. O que eu não sabia era porquê. Ele me mostrou como atirar com uma arma quando eu tinha quinze anos, mas nunca quis carregar uma.

Meu pai continuou:

— Como você sabe, os negócios da família começaram com o seu avô, mas o que eu não disse é que negociamos mais do que drogas.

— Eu percebi isso — eu disse. Eu realmente era muito jovem? Tinha idade suficiente para vender coca e outras merdas. Sabia sobre mulheres e, quando comecei a vender, aos quinze anos, não era um menino inocente.

— Seu tio Dom comandava as prostitutas.

— Você quer dizer um bordel?

Ele assentiu.

— E as vendia para compradores no mundo inteiro.

— Espera. — Eu levantei minha mão. — Você quer dizer tráfico humano?

Ele encolheu os ombros ligeiramente.

— Se é assim que você quer chamar.

— É assim que se chama, mas por que você vende mulheres assim?

— Por quê? — Ele refletiu, me dando um olhar como se ele pensasse que eu era estúpido por perguntar tal coisa.

— Sim. Por que vendê-las se elas estão trazendo dinheiro para o bordel?

— As da cobertura não são vendidas assim.

Suspirei com um pouco de alívio porque, por um segundo, presumi que Zell seria vendida, embora sua mãe fosse a Madame. Uma mãe que estava

Kimberly Knight

disposta a deixar sua filha perder a virgindade como uma prostituta também não hesitaria em vendê-la pelo lance mais alto. E então isso me atingiu.

— Você quer dizer que há outras?

Ele deu um sorriso maligno.

— Muitas mais.

Eu estava tentando não demonstrar nenhuma emoção. Tudo o que meu pai disse e fez estava errado, mas eu tinha que fingir interesse, porque quanto mais eu soubesse sobre os negócios da família, mais isso me ajudaria a descobrir como ajudar Zell.

— Uau, pai. Isso ... Isso é muito para se absorver por uma noite.

— Bem, agora que você tem dezoito anos, está pronto para assumir mais responsabilidades.

— Você quer dizer que quer que eu comande as mulheres?

Ele assentiu.

— Eventualmente, mas primeiro, eu preciso te ensinar tudo.

— O que há para ensinar? Você pega uma mulher e a vende, certo? — Achei que houvesse mais, mas não queria deixar transparecer que estava interessado em pedir por detalhes. Eu sabia como meu pai trabalhava e precisava jogar com ele.

Meu pai riu.

— Há muito o que aprender. É mais do que vender drogas. — Ele deu outra tragada no charuto e ficamos em silêncio por alguns momentos. — Amanhã, vou levá-lo ao armazém.

Não passou despercebido que meu pai não tinha mencionado como meu tio foi baleado ou o motivo. A conversa mudou para negócios porque, afinal, era assim que meu pai era: só negócios. Fiquei de pé.

— Ótimo. Estou ansioso por isso.

Saí do escritório e fui para o meu quarto. Eu não sabia quanto tempo levaria, mas aprenderia tudo o que havia para saber sobre como o outro lado do negócio era administrado, porque isso me daria a oportunidade de tirar Zell daquele lugar. Isso iria contra meu pai, mas, no final, era o que eu realmente queria fazer agora que aprendi que as mulheres não estavam no bordel por escolha própria. Uma vez que eu fosse o chefe, faria o que diabos eu quisesse.

Me arrastei para a cama quando minha porta se abriu sem uma batida. Eu estava prestes a gritar com a pessoa até que percebi que era meu pai.

— Sim?

— Sua mãe não está aqui.

CAPÍTULO 9

ZELL

Meu olhar estava na parede do quarto de Erin e não no livro na minha frente. Não conseguia me concentrar porque tudo em que conseguia pensar era em Frankie e em quando ele voltaria. Só queria falar com ele mais uma vez, falar com alguém da minha idade. Ele parecia saber como era no mundo exterior e eu queria saber tudo o que ele sabia.

Erin estalou os dedos na frente do meu rosto.

— Você está prestando atenção?

Pisquei e balancei minha cabeça ligeiramente.

— Desculpe.

— Está sonhando acordada com o quê?

— Frankie — admiti.

Erin sorriu.

— Você tem uma queda por ele.

Arqueei uma sobrancelha.

— Uma queda?

— Você gosta dele.

— Ele foi tão legal. — E fofo, mas eu não disse isso a ela.

— Zell. — Ela soltou um suspiro. — Eu não acho que seja uma boa ideia você gostar dele.

— Por quê? — Fiz uma careta.

Ela pensou por um momento.

— Tudo bem. Vamos fingir que ainda estamos seguindo o cronograma, mas direi o que acho que você precisa saber.

— Ok. — Agora que eu sabia que as câmeras não captavam som, me senti mais à vontade com o que dizia pela casa. Não era como se eu tivesse feito algo errado antes, mas apenas saber que não havia áudio diminuiu minha ansiedade em me meter em encrencas.

Erin puxou sua cadeira para mais perto.

— Acompanhe em seu livro como você costuma fazer — concordei. — Frank Russo é o dono do bordel.

— Bordel? — Eu sabia que a *casa* era um bordel por causa do livro *Cannery Row*, mas ouvir isso da boca dela meio que me surpreendeu.

— Sim, mas a diferença é que nenhuma de nós escolheu fazer isso.

— O que você quer dizer?

— Bem, para mim ...— Ela fez uma pausa, franzindo a testa em uma carranca. — Saí com amigos depois do trabalho para beber e depois peguei um táxi para ir para casa. Mas o táxi não me levou para casa.

Meus olhos azuis se arregalaram quando imaginei um dos táxis amarelos que costumava ver quando atravessávamos a rua para o parque.

— Aonde ele te levou?

— Para um armazém onde havia jaulas com outras mulheres.

— O quê? — Eu respirei.

Erin franziu a testa, olhando para seu livro.

— Eu nunca mais vi meus amigos ou família novamente.

— Sinto muito — sussurrei. — As outras meninas são Leanne e...

— Não. — Ela negou com a cabeça. — As outras garotas nas jaulas nunca vieram pra cá.

— Para onde elas foram?

Ela ergueu um ombro.

— Não sei ao certo, mas provavelmente foram vendidas aos homens como escravas sexuais.

— O que isso significa?

— Meio parecido com o que fazemos aqui, mas talvez não tão glamoroso.

— Como assim?

— Sei que você só conhece esta cobertura como sua casa, mas nem toda casa é assim.

— Como?

— Há lugares que são sujos, cheiram mal, não têm aquecimento no inverno nem ar-condicionado no verão. E há lugares que não têm janelas, onde as mulheres são acorrentadas até serem usadas para o sexo.

— Isso é horrível.

Erin concorda com a cabeça.

— É. Odeio usar essa palavra, mas as meninas e eu tivemos sorte de ser enviadas para cá e não vendidas.

Deixei suas palavras serem absorvidas por um momento.

— Então, o Sr. Russo é um cara mau, mas você está dizendo que Frankie é um cara mau também?

Ela encolheu os ombros novamente.

— Essa foi a primeira vez que Frankie veio aqui, mas seu pai é o dono do lugar.

— Pensei que Madame fosse a chefe?

— Ela é a nossa chefe, mas o Sr. Russo é o chefe dela.

— Oh. — Fiquei em silêncio novamente. — Você gosta daqui?

Erin inclinou a cabeça ligeiramente e franziu a sobrancelha.

— Ninguém gosta de fazer isso, Zell.

— Mas você tem que fazer — eu disse.

— Mas nós temos que fazer — concordou.

Fazia mais sentido agora que pensei em tudo o que aconteceu na casa. Havia guardas nos elevadores e Tyler, que costumava ir conosco ao parque. Achei que era para minha segurança, porque Madame não queria que nada acontecesse comigo, mas na realidade, era para manter as meninas lá dentro e garantir que Erin não tentasse correr quando a gente fosse alimentar os patos.

Meu olhar foi até o dela.

— O Sr. Russo é meu pai?

Ela começou a sacudir a cabeça, mas parou.

— Eu … eu acho que não.

— Mas você não sabe?

Madame tinha me dito que meu pai morreu, mas e se fosse o Sr. Russo? Eu não sabia que madame tinha amigos, mas estava claro que tinha uma longa história com ele.

Erin soltou um suspiro.

— Pelo que tenho visto ao longo dos anos, o Sr. Russo e a Madame são estritamente profissionais.

— Sim — concordei, embora não soubesse disso em primeira mão. — Ele nunca quis me ver.

Kimberly Knight

— E mais. — Ela estendeu a mão e agarrou a minha. — Eu não acho que Madame deixaria você dormir com seu irmão.

— Ai, Deus. — Eu respirei, e meus olhos se arregalaram. E se Frankie fosse meu irmão? Não era como se Madame fosse uma boa mãe para mim. Frankie me escolheu e a senhora tentou impedi-lo.

"Não é como se eles fossem parentes, Saffron."

Me lembrei das palavras do Sr. Russo, e isso significava que ele não era meu pai. A menos que Frankie não fosse filho dele? Vários pensamentos giraram em minha cabeça, e isso me fez querer ver Frankie de novo ainda mais.

— Eu preciso te dizer uma coisa — sussurrei.

— Você pode me dizer qualquer coisa.

Eu respirei fundo.

— Frankie disse que me tiraria daqui quando descobriu que eu não saio há cinco anos.

— Sério? Como? — Ela arqueou uma sobrancelha.

— Ele não tinha certeza e então teve que ir embora.

Erin apertou a mão que ainda segurava.

— Zell, isso pode ser perigoso.

— Eu não deveria confiar nele?

— O pai dele é nosso dono. Não acho que Frankie seja inocente nisso.

Eu realmente gostava de Frankie e queria confiar nele. Se ele fosse uma pessoa má, não teria me forçado a fazer sexo com ele?

— O que eu faço se ele aparecer como disse que faria?

Ela engoliu em seco.

— Eu não sei.

Eu também não.

Cada vez que um homem entrava em *casa*, eu prendia a respiração. Não importava se estava no meu quarto, na cozinha, ou limpando um dos quartos. Quando ouvia as meninas começando a se arrumar, esperava para ver se seria chamada também. Não porque achei que Madame me faria trabalhar com as meninas agora que pensava que eu não era mais virgem, mas porque ainda estava esperando por Frankie.

A cada dia que passava, comecei a acreditar cada vez mais que ele não voltaria. Ele parecia tão sincero. Me deu esperanças de que um dia eu veria mais do que apenas o lago dos patos. Queria ver a cidade inteira, andar de táxi amarelo, fazer anjos na neve. Eu nem mesmo achei que ele quis dizer que me tiraria da cobertura permanentemente. Eu só queria algumas horas para me divertir de novo.

Exceto que ele nunca mais voltou, e minha vida voltou ao normal.

Capítulo 10

Minha mãe estava desaparecida há três dias.

Ela deixou seu telefone celular, seus cartões de crédito e tudo que meu pai poderia usar para rastreá-la — se ele quisesse. O porteiro nos contou que ela entrou sozinha em um táxi e foi a última vez que a viu.

Sinceramente, eu não a culpei, mas queria saber o porquê e ter certeza de que ela estava bem. Eu não teria contado nada a meu pai se ela tivesse revelado seu plano — eu teria ajudado a fazer uma mala —, mas ela nunca me disse que queria ir embora. E minha mãe nunca estava sozinha, exceto naquele dia em que nossa governanta disse que estava doente, dando uma saída para minha mãe. Foi como se ela tivesse desaparecido.

Exatamente o que eu planejei fazer quando o colégio acabasse.

Depois que meu pai soube que ela havia entrado em um táxi sozinha, ele deu de ombros e foi isso. Foi só isso, porra. Ele não chamou a polícia, não chorou ou entrou em pânico, e ele com certeza não se importou. Ele nem parecia preocupado que ela pudesse denunciá-lo ou algo assim. Como ele e minha mãe fizeram sexo para me fazer dezoito anos atrás era um mistério para mim. Nenhuma vez eu me lembrei de vê-los se abraçar ou se beijar; nunca os ouvi dizer eu te amo um para o outro. Ele era todo homem de negócios e outras mulheres, e minha mãe só estava lá.

Na manhã seguinte ao meu aniversário, meu pai entrou em meu quarto e me disse para estar pronto em dez minutos, porque íamos para o armazém em vez de procurar minha mãe. Eu não podia acreditar, mas, novamente, eu deveria.

A limusine parou em um grande prédio de aço. Não havia sinais ou qualquer coisa que indicasse o que estava dentro da porta. Mas eu sabia o que havia lá.

— É aqui que você mantém as prostitutas? — perguntei.

A porta de trás da limusine se abriu e meu pai saiu, abotoando o paletó.

— Até que sejam vendidas.

— E quanto tempo isso leva? — Eu o segui para fora do carro.

Meu pai sorriu e abriu a porta do prédio.

— Depende de quão atraente a mulher seja, mas, pelo menos uma vez por mês, fazemos um leilão para vendê-las.

— Certo, isso faz sentido.

Ele me deu um tapa nas costas e eu entrei.

— Estou feliz que você esteja realmente aceitando isso. Isso me deixa feliz.

— Estou feliz que você esteja me ensinando mais sobre os negócios da família.

A porta de metal se fechou atrás de nós com um leve estrondo, e olhei em volta para o grande espaço aberto. Era um depósito típico, mas em vez de máquinas ou armazenamento, havia várias áreas rodeadas por cercas de arame com algumas mulheres dentro delas. Era exatamente como eu imaginei, exceto que pensei que elas estariam nuas ou vestidas apenas com sutiã e calcinha. Em vez disso, estavam vestidas com roupas normais, roupas de negócios, roupas de clube.

— Como você consegue todas elas? — perguntei, olhando para as gaiolas.

— Existem várias maneiras, filho. É apenas sequestro. — Ele disse a última frase como se sequestro fosse uma coisa cotidiana para ele. Suponho que sim.

— Como o quê?

Ele ergueu um ombro.

— Tenho vários homens que emprego como agarradores. Alguns trabalham para o táxi e serviço de transporte de passageiros. Ou existe a maneira tradicional de agarrar

uma mulher que caminha sozinha e jogá-la em uma van.

— É isso que vou fazer? — Por favor, diga não.

Ele negou com a cabeça.

— Não, eu tenho muitos desses homens na folha de pagamento. Você vai supervisionar a entrada das mulheres e depois a venda delas.

— Ok.

Eu precisava entrar o mais rápido possível, para poder tirar Zell de lá. Eu não tinha certeza do que faria com ela quando retirasse da cobertura, mas tinha que ajudá-la. Ela tinha uma vida tão longa pela frente, e o pensamento dela deitada de costas enquanto algum doente do caralho a fodia fazia meu sangue ferver, especialmente considerando que ela ainda era virgem e inocente.

Com as mãos cruzadas atrás das costas, caminhei ao longo das gaiolas como se estivesse avaliando a mercadoria. Queria que meu pai pensasse que eu estava realmente interessado e ocasionalmente acenava com a cabeça, como se aprovasse. Eu não aprovava. As mulheres pareciam assustadas, sujas, famintas e eu odiava isso. Eu tinha apenas 18 anos, mas, ao contrário do meu pai, tinha moral.

— Gosta do que está vendo? — meu pai perguntou.

Balancei minha cabeça em aprovação.

— Você tem umas bem bonitas.

— O leilão é em três dias. Aí você saberá quanto vale cada uma.

— Mal posso esperar.

Os três dias passaram mais rápido do que eu esperava, de repente já era dia do leilão. Quando acordei naquele dia, meu estômago embrulhou. Como eu iria sentar e assistir as mulheres serem vendidas como se fossem uma propriedade? Pensei sobre o lugar que elas iriam, como seriam mantidas em cativeiro como Zell, mas ordenadas a fazer sexo sempre que o filho da puta quisesse, trancadas em um porão para ser um brinquedo, trabalhando nas ruas de outro país. A lista de possibilidades sombrias era interminável. E foi uma merda. Eu estava bem com a venda de drogas, mas agora teria que vender mulheres inocentes.

Eu odiava meu pai pra caralho.

A limusine ia em direção ao armazém e, a cada quilômetro que nos aproximávamos, mais meu estômago dava cambalhotas.

— Pai — chamei, para cortar o silêncio no carro.

— Sim? — ele perguntou, sem tirar os olhos do celular.

— Como o tio Dom foi morto?

Meu pai parou por um momento e finalmente olhou para mim.

— Por quê?

Eu levantei um pouco o ombro.

— Só estou preocupado. Você disse que ele comandava as prostitutas e levou um tiro. Estou em perigo?

— Não — afirmou, com naturalidade. — Desde aquela noite, tenho tomado medidas para garantir que ninguém foda com a gente novamente.

— O que você quer dizer?

— Algum aspirante a cafetão pensou que poderia entrar em nossa casa e levar de volta uma prostituta. Ele atirou e matou Dom, mas eu matei aquele idiota quando ele tentou sair. A notícia se espalhou e, desde então, todos sabem que eu sou o rei.

— Sabem disso porque eles temem você?

— Exatamente. As pessoas sabem que eu não aceito merda de ninguém. Eu não dou uma segunda chance, e o medo que instalei é a besta que vive em mim. Ninguém quer foder com uma besta.

— E você não era assim quando o tio Dom morreu?

— Não na medida em que é agora.

Acenei um pouco e olhei pela janela, tentando fazer mais perguntas que não levantassem bandeiras vermelhas, mas ele falou primeiro:

— Hoje, você só vai observar. Anote o quanto cada mulher vale e porquê. Isso o ajudará a definir o preço quando for você a gerenciá-las.

— Serei eu na próxima vez?

Meu pai riu.

— Não, por algum tempo não. Há muito o que aprender antes de eu entregá-las a você.

— Ah. — Eu exalei, e então fiz a pergunta pertinente: — Eu também irei fornecer as prostitutas para a cobertura?

A limusine parou no estacionamento do armazém.

— Não de imediato. Essas meninas estão lá há anos.

Eu engoli, porque odiei a pergunta que surgiu na minha cabeça.

Kimberly Knight

— Os clientes não querem uma nova — dei de ombros — boceta?

— O problema com uma boceta nova é que ela é difícil de confiar. Os clientes que vão para a cobertura querem, e precisam, de discrição.

— Mas elas não envelhecem?

Meu pai riu quando o carro parou.

— Sim, claro, mas nós as trocamos quando a hora chegar.

— E isso não será tão cedo?

— Isso é algo sobre o qual precisaríamos falar com Saffron.

Madame. Aquela vadia.

— Saffron? Aquela era a chefe?

— Eu sou o chefe — afirmou ele, quando a porta traseira da limusine se abriu.

— Até eu assumir. — Eu sorri e o segui para fora do carro.

Ele sorriu largamente, e eu juro que foi a primeira vez que o vi fazer isso de maneira genuína.

— Sim, até você assumir.

Eu precisava aprender tudo rápido ou precisava de um plano para tirar Zell de lá.

— Estou pensando em voltar.

Meu pai balançou a cabeça em aprovação e abriu a porta do armazém.

— Você gostou do seu tempo lá, não é?

Eu entrei.

— Sim, eu gostei.

— Você pode voltar a qualquer momento. Elas estão à sua disposição.

Eu concordei com a cabeça e suspirei um pouco em compreensão. Se eu não fosse capaz de bolar um plano para tirar Zell de lá logo, então pelo menos poderia visitá-la e me certificar de que ela estava bem.

Capítulo 11

Frank Russo tinha um segredo. Um que apenas ele e alguns poucos escolhidos conheciam. Um que ele guardou por quase dezoito anos.

Ele estava guardando esse segredo, porque não matava mulheres.

Depois que o Império Russo vendia as mulheres e elas ficavam fora de vista, elas também sumiam de sua mente. Frank sabia que a maioria delas não vivia muito, pois as vendia para homens implacáveis. Homens que empunhavam as mãos sobre as mulheres e pegavam o que queriam.

Frank não precisava tirar nada de uma mulher.

Nem mesmo sua esposa, que aparentemente o havia deixado. Sabia que Quinn não poderia ir longe, e era apenas uma questão de tempo antes que ela voltasse. Ela não tinha levado nenhum cartão de crédito e só podia ter uma determinada quantia em dinheiro consigo. Frank administrava toda a grana, e Quinn Russo não tinha um emprego. Além disso, ele tinha alguns de seus homens procurando por ela, então não estava preocupado. Ela iria aparecer eventualmente.

Ele não estava preocupado com nada, porque não apenas dirigia a cidade de Nova York, mas também pagava muito dinheiro à força policial por seus serviços.

Seu filho estava finalmente conhecendo cada aspecto de seu império e um dia assumiria o controle, assim como ele e Dominic. Foi por isso que começou cedo com Frankie vendendo drogas para ele, e agora que o filho

Kimberly Knight

era um homem, Frank iria ensiná-lo tudo o que sabia e garantir que todos em Nova York também o temessem.

Ninguém mexia com um Russo e vivia para falar sobre isso.

Frank bateu na porta do quarto do filho.

— Sim? — Frankie gritou.

Com um grande sorriso no rosto de Frank, abriu a porta de madeira escura. Estava tão orgulhoso de seu filho. No leilão, Frankie fez anotações como foi instruído e realmente aprendeu a dominar as prostitutas. Quase fez Frank se perguntar se ele deveria ter iniciado Frankie mais cedo. Talvez fazer mais alguns testes ou até mesmo correr pelas ruas procurando por uma presa para que ele conheça as entradas e saídas.

— Vou passar a noite fora da cidade. Acredito que tudo ficará bem aqui? — Claro, tudo ficaria bem. Frankie era um homem agora.

— Sim, não é a primeira vez que você passa a noite fora.

Não, não era a primeira vez que Frank saía a *negócios*. Exceto que ninguém sabia que não era necessariamente sobre negócios o motivo de ele ir. Era seu segredo e o deixava duro só de pensar nisso. Cada vez que a boca dela estava em seu pênis ou seu pau estava entrando nela, ele sabia que era ele quem tinha tirado tudo dela.

O marido dela...

A filha dela...

A liberdade dela.

— Certo — Frank concordou. — Quando eu voltar, vamos voltar ao armazém para você ver os *produtos* novos que chegaram.

— Há outro leilão? — Frankie se endireitou na cama, onde estava lendo.

— Todo mês. Temos que ganhar dinheiro de alguma forma. — Frank riu de sua resposta sarcástica. Claro, eles precisavam vender mulheres para ganhar dinheiro.

— Deixe-me escrever isso. — Frankie saiu da cama para pegar seu bloco de notas.

Frank deixou o mais jovem tomando notas e saiu do apartamento. Seu motorista estava esperando em um de seus carros na frente. Ele não levava a limusine para fora da cidade. Normalmente, a viagem para as montanhas Catskills era para ter certeza de que tudo estava como ele havia deixado em sua cabana de caça de um quarto, que ficava a cinquenta quilômetros de qualquer civilização. Seu pai comprou a cabana quando ele e o irmão eram meninos, mas Frank não percebeu na época como o lugar seria útil quando precisasse manter algo — ou alguém — escondido.

A viagem pareceu demorar mais por causa da empolgação que corria em suas veias. Ele era como um gato que comeu o canário, e quando o carro finalmente parou no momento em que o céu de inverno começou a escurecer e a fumaça saiu pela chaminé, Frank estava quase arrebentando as costuras.

Ele saiu do carro, se despediu de Louis, que passaria a noite na cidade mais próxima antes de voltar para levar Frank de volta à cidade, e correu para a cabana quente.

Jackie ergueu os olhos do livro que estava lendo.

— Eu não estava esperando você.

— Eu sei. Tenho novidades. — Frank tirou o casaco.

— E o que é?

— Eu vi sua filha.

Capítulo 12

ZELL

Quando pensei que Frankie nunca mais voltaria, ele voltou. Eu estava pintando no meu quarto quando ouvi uma batida na porta.

— Quem é?

Ela se abriu e Leanne enfiou a cabeça para dentro.

— Você tem uma visita.

Eu respirei rapidamente. Não precisei perguntar quem era porque só havia uma pessoa que iria me visitar.

— Sério? Frankie está aqui?

— Sim, ele e a Madame trocaram algumas palavras, mas no final ele conseguiu o que queria.

— E o que foi isso?

— Você.

Eu sorri, e então esmaeci.

— Espere. Para fazer sexo?

Leanne encolheu os ombros.

— Eu não tenho certeza. Ele disse à Madame que queria passar o tempo dele com você e não com qualquer uma de nós.

— O pai dele veio?

— Não. — Ela balançou a cabeça. — Ele veio sozinho.

— Hmm. — Eu soltei um suspiro. — O que eu faço?

— Madame disse para você tomar banho e colocar o vestido que pegou emprestado com Erin da última vez, e então descer para a sala de estar. Frankie estará esperando.

— Ok. — Larguei meu pincel e depois fui para o cabideiro. Eu não tinha devolvido o vestido, porque Erin me disse para ficar com ele. Ela não precisava mais de um vestidinho preto.

— E Zell? — Leanne gritou. — Madame disse para você se apressar.

Eu estava tão animada para ver Frankie novamente que tomei o banho mais rápido da vida, sem me preocupar em lavar o cabelo porque tinha feito isso na noite anterior, e então coloquei o vestido preto. Deixei o cabelo loiro solto depois de uma escovada rápida e então desci as escadas dos fundos para o andar principal. Não vi ninguém ao correr pelo corredor onde os quartos estavam localizados e, quando saí para a sala de estar, Frankie estava olhando em volta para as obras de arte nas paredes.

— Já tentei pintar isso antes. Não sou boa pintando pessoas — afirmei, e apontei para a pintura que era um retrato abstrato do traseiro de uma mulher. — As proporções ficaram todas erradas.

Frankie se virou e sorriu. Ele ainda era tão fofo quanto eu me lembrava.

— Você é uma pintora?

Eu levantei um ombro, sem me mover de onde estava dentro da sala.

— Eu tento. É a única coisa que realmente tenho no meu quarto além de livros.

Seu sorriso sumiu.

— Eu gostaria de poder mudar isso.

— Está tudo bem. Eu gosto.

Ele deu alguns passos em minha direção.

— Vamos para um quarto.

Eu concordei com a cabeça e me virei para conduzi-lo pelo corredor.

— A Madame disse qual?

— Não.

— Ok. — Eu o levei para o mesmo quarto de antes. Todos eram semelhantes, então não importava qual deles usássemos. Depois de fechar a porta atrás de nós, sussurrei: — Você sabe sobre as câmeras?

— Que câmeras?

— As que estão nos quartos.

Ele olhou em volta apenas com os olhos, sem mexer a cabeça.

— Há câmeras aqui?

Dei um aceno rápido.

— Sim, mas seu pai pediu para a Madame desligá-las quando você esteve aqui da última vez, e acho que ela obedeceu.

— É melhor ela ter obedecido, porque ele é o chefe dela.

— Sim, isso é o que Erin me disse também. — Sentei na ponta da cama, sem saber o que fazer.

Ele se sentou na cadeira em frente à cama e me encarou.

— Mas ela disse a você que meu pai está me ensinando como dirigir as coisas?

Meu queixo caiu. Isso significava que ele também era um cara mau?

— Não.

Frankie apoiou os cotovelos nos joelhos, se inclinando para frente.

— Zell, você sabe o que isso significa?

Pensei por um momento.

— Que ... que você vai ser o chefe?

— Sim, e você sabe o que isso significa?

Encarei seus olhos azuis, pensando por alguns segundos.

— Não?

— Isso significa que eu posso tirar você daqui.

— Sério? — Eu me endireitei. Ainda não sabia se ele queria dizer por um dia ou mais, mas só queria sair do prédio novamente.

— Quero dizer que vai levar um tempo.

— Por quê?

— Porque eu tenho que manipular meu pai.

— O que isso significa?

Ele baixou a voz:

— Ele não vai me deixar ser o chefe até que possa confiar em mim.

— Oh — exprimi. Frankie estava me dizendo a verdade? Erin me disse que achava que ele não era inocente, e agora ele estava me dizendo que seria o chefe. Isso significava que Erin estava certa? Eu não sabia o que pensar porque queria confiar nele. — Posso confiar em você?

Ele arqueou uma sobrancelha.

— Claro que pode.

— Mesmo?

Ele se sentou.

— Por que você acha que não pode?

Dei de ombros.

— Não sei. Só podia confiar nas meninas.

Frankie se levantou e se sentou ao meu lado, apoiando a mão no meu joelho nu.

— Eu entendo. Se eu fosse você, também não confiaria em um estranho, mas aprendi muito na semana passada e vou bolar um plano para te tirar daqui.

— Por que você quer fazer isso por mim?

— Porque isso não é vida, Zell. Posso ter apenas dezoito anos, mas isso não significa que eu não diferencie o certo do errado.

— Acabei de aprender que é errado. — Eu fiz uma careta.

— O que exatamente você aprendeu?

— Que as meninas foram sequestradas e trazidas para cá. Que elas não escolheram esta vida.

— E você?

Franzi uma sobrancelha.

— Eu?

— Você também não escolheu esta vida.

— Mas a Madame é minha mãe.

Ele tirou a mão da minha perna e eu senti o calor de seu toque persistir.

— Os pais não mantêm seus filhos trancados em casa e não proíbem que eles tenham amigos.

— Oh. — Eu deduzi isso ao longo dos anos, quando via crianças brincando no parque, mas não sabia em primeira mão. — A Madame disse que é perigoso sair de casa.

— A maior parte é segura. Há tanto para ver e fazer. Eu ficaria louco se estivesse no seu lugar.

— Você acha que ela fez isso por causa das meninas?

Frankie arqueou uma sobrancelha.

— O que você quer dizer?

— Já que elas foram sequestradas. E se ela não quiser que eu vá embora para que eu não possa contar a ninguém?

Kimberly Knight

Ele assentiu.

— Acho que é exatamente por isso.

— Você acha?

— Sim. Tudo isso. — Ele acenou com a mão. — É um crime. Madame e meu pai poderiam ir para a cadeia por muito tempo se os policiais descobrissem.

— Você vai falar com a polícia?

— Não posso. Estou envolvido e também teria problemas.

Respirei fundo.

— Você sequestra garotas também?

— Não. Meu Deus, não.

— Então, como você está envolvido?

— Porque ele é meu pai e eu sei muito.

— Não é um motivo para ir à polícia? Você pode ajudá-los a tirar as garotas.

— Isso não faz parte do meu plano.

Eu inclinei a cabeça.

— Qual é o seu plano?

Frankie pensou por um momento.

— Não tenho certeza ainda, mas até eu ter um, precisamos fazer um show para as câmeras e agir como se tudo estivesse normal.

— Como fazemos isso?

Ele se levantou e estendeu a mão para eu pegar.

— Nós fingimos.

Peguei sua mão e me levantei.

— Fingir?

— Tire o vestido e os sapatos.

— O quê? — Eu ofeguei.

Ele sorriu calorosamente e segurou minha bochecha.

— Está tudo bem, Zell. Você pode confiar em mim.

— Mas você ... você quer ...?

Frankie riu.

— Eu quero, eu sou um homem, afinal, mas não vamos fazer isso.

— Nós não vamos?

— É para as câmeras, princesa. — Ele removeu a jaqueta e começou a tirar a roupa. Não me mexi. Não conseguia me mover. Ele me encarou por alguns momentos e então sugeriu: — Está tudo bem. Que tal eu não olhar?

— Como você pode fazer isso o tempo todo?

— Eu vou me virar enquanto você fica nua. Depois de se despir, vá para a cama e se cubra com os lençóis.

Eu não conseguia acreditar que isso estava acontecendo. Achei que Frankie fosse diferente, que não me faria fazer sexo com ele. Concordei com a cabeça, porque tinha que fazer de qualquer jeito. Eu não poderia irritar Madame, o Sr. Russo ou Frankie.

Ele se virou, tirando a camiseta.

— Zell, eu prometo. Tudo ficará bem.

— Nós vamos fazer sexo? — sussurrei.

— Não. — Ele começou em seu cinto. — Eu disse que isso é fingimento. É apenas para as câmeras. Da próxima vez, farei com que ela as desligue, agora que sei sobre elas.

— Você pode fazer isso agora?

Ele negou com a cabeça e tirou a calça jeans.

— Não, porque ela saberá que você me contou sobre elas se eu for perguntar a ela agora. É melhor fazer da próxima vez, e eu direi que meu pai me falou a respeito.

— Ok. — Minha voz ainda não estava acima de um sussurro.

O que aconteceria quando nós dois estivéssemos nus? Como poderíamos fingir para as câmeras? A senhora já pensava que eu não era mais virgem e, se ela estivesse olhando, veria que eu estava com medo e hesitante. Eu não queria deixá-la brava, então me apressei e tirei minhas roupas, com Frankie de costas para mim.

— Você está pelada? — perguntou.

Eu levantei meu olhar do chão e vi que ele estava nu. Engoli. Eu nunca tinha visto um menino nu antes. Nunca tinha visto ninguém exceto eu mesma nua antes. Meu estômago fez coisas engraçadas, e eu apenas fiquei lá e olhei para o seu traseiro. Não era como o da pintura da sala de estar. Ele parecia redondo e firme, e gostei do que estava vendo. Gostei tanto que senti uma umidade entre as pernas que só tinha lido nos livros de romance.

— Zell?

Eu pisquei.

— Hum… o quê?

— Você está pelada?

Balancei a cabeça como se quisesse clarear meus devaneios.

— Oh, hum, sim.

Kimberly Knight

— Então vá para a cama, ok?

— Certo. — Corri, puxei as cobertas e, em seguida, deslizei entre os lençóis brancos e frios, jogando meu cabelo sobre um ombro para não deitar sobre ele. — Feito.

Frankie se virou e tive um vislumbre de seu pênis. Virei a cabeça de vergonha.

— O que está errado?

— Nada — menti, sem me virar para olhar para ele quando o ouvi e o senti entrar na cama.

— Sabe, você pode olhar pra mim.

Eu finalmente virei a cabeça e encontrei seu olhar azul.

— Eu já olhei.

Ele esboçou um sorriso.

— Quero dizer, me olhar pelado. Você nunca viu um homem nu antes, viu?

Neguei com a cabeça.

— Eu nunca vi ninguém nu.

Frankie afastou as cobertas e pulou na cama.

— Então veja.

Eu cobri meus olhos e ri.

— Ai, meu Deus. Você está louco!

Ele começou a rir também.

— Não há nada de errado com um corpo nu, Zell. Acho que uma mulher nua é a coisa mais linda do mundo.

— Mesmo?

— Isso aí.

Ainda cobrindo os olhos, hesitei antes de perguntar:

— Você quer me ver?

— Só se você quiser me mostrar.

Eu não tinha certeza se queria mostrar a ele. Fiquei envergonhada e, de repente, me senti tímida.

— Eu não sei.

— Tudo bem. — Frankie voltou para a cama, sob as cobertas. — Quando você estiver pronta, eu farei isso.

— Ok. — Tirei as mãos do rosto e olhei para ele.

— Mas… — Ele se virou de lado e me encarou. — Você gostou do que viu de mim?

Meus olhos se arregalaram e eu mordi meu lábio inferior. As palavras me deixaram de novo, então eu apenas acenei em resposta.

Ele sorriu.

— Bom. Estamos chegando a algum lugar.

— O que você quer dizer?

— Eu só quero você confortável comigo. Eu gosto de você.

— Eu também gosto de você.

— Incrível. Vou visitá-la sempre que puder, ok?

Eu concordei.

— Eu gostaria disso.

— Mas lembre-se de que tudo depende do meu pai e do que ele me manda fazer para aprender a controlar o lado do tráfico.

Virei de lado e o encarei.

— Eu não entendo. Não recebemos nenhuma garota nova.

— Há um depósito cheio delas, Zell. Ele as vende por dinheiro.

Meus olhos se arregalaram.

— Sério?

Frankie suspirou.

— Sim. É nojento.

— Espero que você elabore um plano logo.

— Eu também. — Olhamos um para o outro por alguns segundos. — Agora, precisamos fingir para as câmeras.

— Oh, eu pensei que já estávamos. — Estávamos nus na cama. Achei que fosse o suficiente, já que ele disse que não íamos fazer sexo.

— Não, mas ela não sabe o que não pode ver.

Eu franzi minha sobrancelha.

— O que você quer dizer?

Frankie sorriu e puxou as cobertas sobre nossas cabeças.

— Ela não pode ver através das cobertas.

— Verdade. — Eu sorri. — Você é tão esperto.

— Não, eu só sei como contornar essa merda. — Ele manteve seu olhar no meu rosto, sem olhar para o meu corpo nu sob as cobertas.

Quanto mais Frankie e eu conversávamos, mais eu estava começando a realmente confiar nele. Eu não tinha certeza se isso era uma boa ou má ideia.

— Por favor, não me machuque.

Ele arqueou uma sobrancelha.

— Eu nunca faria isso. Você pode confiar em mim. Eu prometo. — Ele esticou o dedo mindinho.

Kimberly Knight

— O que você está fazendo?

— Fazendo uma promessa mindinho.

— O que é isso?

— A promessa final entre duas pessoas. Você engancha seus dedos mínimos e beija seu polegar.

— O que acontece se a promessa for quebrada? — questionei.

— Morte.

— Morte? — Eu suspirei.

Frankie riu.

— Estou brincando, mas quebrar uma promessa de mindinho acaba com amizades.

— Você é meu amigo? — Eu o considerava meu amigo, mas queria saber se ele pensava que nós também éramos.

— Claro que sou.

— Bom.

Olhamos um para o outro novamente, e o olhar de Frankie foi para os meus lábios e depois de volta para meus olhos azuis. Naquela fração de segundo, percebi que queria que ele fosse meu primeiro beijo. Eu queria sentir aquelas borboletas no estômago sobre as quais li. Queria saber como era sentir seus lábios contra os meus, sua língua girando com a minha. Meu olhar baixou para seus lábios e depois voltou a subir.

— Você quer me beijar, Zell?

Eu concordei com a cabeça, e então, sem hesitação, Frankie se inclinou e eu tive meu primeiro beijo. Foi tudo o que eu esperava que fosse.

Capítulo 13

Quando eu fui para a cobertura, não pensei que Zell e eu estaríamos nus em uma cama nos beijando. Para ser justo, eu não sabia que havia câmeras nos quartos — meu pai não mencionou isso —, mas, novamente, eu podia acreditar que elas existiam. Eu não sabia quem frequentava o bordel, mas, conhecendo meu pai, ele iria querer sujeira de todos em Nova York. Então, eu tive que bolar uma ideia na hora, porque não queria que nenhuma vadia me observasse.

Nossos lábios se separaram e Zell lentamente abriu os olhos.

— O que você achou? — perguntei, o lençol ainda puxado sobre nossas cabeças para que as câmeras não pudessem nos ver. Felizmente, ele estava se movendo como se estivéssemos fazendo alguma coisa.

— Eu gostei.

— Quer fazer de novo? — Eu sorri.

Ela acenou com a cabeça com um sorriso enorme, e eu não hesitei quando coloquei meus lábios nos dela mais uma vez. Durante o tempo em que nos beijamos, eu tive a certeza de não chegar muito perto para que ela não sentisse o quão duro eu estava. Se ela fosse qualquer garota da escola, não teríamos apenas nos beijado. A gente teria transado ou teria rolado um boquete, mas Zell era diferente, obviamente. Ela não era apenas nova em tudo isso, mas também era ingênua. Foi o que me atraiu nela. Eu queria

Kimberly Knight

mostrar o mundo pra ela — literalmente. Queria ser o primeiro em todos os aspectos da palavra: beijo, sexo, amizade.

Nós nos separamos novamente.

— Mais? — perguntei.

— Sim, eu gosto de beijar.

— Eu também. — Eu realmente gostei de apenas beijar Zell e não ir mais longe. Então, nós nos beijamos até a hora de eu ir embora. Minhas bolas estavam doendo, e eu tinha que fazer algo sobre isso antes de explodir na minha doce e inocente princesa.

— Eu tenho que ir — anunciei, separando nossos lábios.

— Quando você estará de volta?

Suspirei e rolei para fora da cama, tentando esconder minha ereção antes de pegar minha boxer.

— Espero que logo. Tudo depende do meu pai e do que ele planejou.

— Espero que seja logo também.

Eu me vesti e dei um beijo de despedida nela, sem me preocupar com as câmeras.

— Eu vou voltar — assegurei.

— Ok.

Saí do quarto. Não havia ninguém esperando por mim. Eu esperava que Madame quisesse uma confirmação verbal de como Zell se saiu da última vez, mas ela não estava à vista enquanto eu fazia meu caminho para o elevador. Dei um aceno rápido para o cara parado do lado de fora das portas do elevador. Ele era um guarda diferente do que eu tinha visto da última vez. Decidi me apresentar, já que acabaria me tornando seu chefe.

Estendi a mão.

— Frankie Russo.

Ele pegou.

— Marcus.

— Há quanto tempo você trabalha para o meu pai?

Observei sua aparência, notando que ele era um cara grande. Não necessariamente mais forte do que eu, mas definitivamente tinha mais gordura. O outro guarda que eu tinha visto era magro e provavelmente poderia me derrotar em uma luta. Eu tinha que descobrir como os outros eram, para determinar minha melhor chance de tirar Zell de lá quando tivesse a oportunidade.

— Seis, talvez sete anos.

Balancei a cabeça ligeiramente.

— Legal. Você vai me ver mais.

Ele sorriu.

— Por causa da Zell?

— Não, porque eu estou assumindo. — Embora planejasse voltar o máximo que pudesse para ver Zell, tive que fingir que era tudo negócios, assim como meu pai.

— Você está?

— Sim.

Sem outra palavra, apertei o botão do elevador e as portas se abriram. Eu gostaria de poder levar Zell comigo ao entrar e sair, mas estava confiante de que um dia o faria. Eu não sabia como ou quando, mas faria acontecer. Todo o tempo que estive com ela, senti como se fosse a minha primeira vez com uma garota, porque só nos beijamos. Eu sabia que era a sua primeira vez, então estava indo devagar, especialmente porque pensei que não iria acontecer nada. Eu só tinha voltado para ver como ela estava e para obter uma visão geral do terreno, por assim dizer.

Havia um guarda perto do elevador, e foi isso, mas agora que eu sabia sobre as câmeras, percebi que não poderia entrar e sair sem ser detectado.

Eu precisava de um plano sólido.

Na manhã seguinte, meu pai não tinha voltado de sua viagem de negócios, então aproveitei a oportunidade para examinar a gaveta de sua escrivaninha. Eu não tinha certeza do que estava procurando, mas senti como se fosse encontrar algo — *qualquer coisa* — que me daria uma vantagem. Porém, ao olhar gaveta após gaveta, percebi que uma operação criminosa como a dele não deixaria rastro de papel. Eu nem tinha certeza de por que ele tinha um escritório em casa.

Tirando meu celular do bolso, abri o aplicativo localizador que me dizia onde meu pai estava para que eu soubesse quanto tempo ainda tinha para bisbilhotar em seu escritório. Para minha surpresa, não foi possível localizar seu telefone. Eu nunca o vi desligar o aparelho, e isso me deixou desconfiado. O que ele estava fazendo?

Kimberly Knight

Como não sabia quanto tempo me restava, examinei rapidamente o resto do cômodo. Eu sabia que havia um cofre por perto. Não conhecia o código, mas se encontrasse o cofre, tentaria entrar lá para ver o que ele achava importante o suficiente para manter trancado. E o que eu sabia sobre cofres era que 99% das vezes eles ficavam atrás de uma foto. Então, olhei por trás das quatro obras de arte penduradas nas paredes e, claro, a quarta tinha um atrás dela.

Tentei primeiro o aniversário do meu pai, depois o meu aniversário, depois o aniversário da minha mãe. Tentei a data de aniversário deles, nosso endereço e depois 6969 só por diversão. Nenhum deles era o código de quatro dígitos, e eu me sentei em sua cadeira de couro e encarei o cofre, pensando. Que outros números ou datas importantes poderiam ser? Me levantei e tentei 1234, depois 1111, 0123 e 9876. Nada.

Sentei novamente na cadeira e olhei ao redor da sala como se isso me desse uma pista. Surpreendentemente, sim. Meu olhar pousou em uma foto de meu pai com seu pai e irmão gêmeo, e como ele tinha a mesma data de nascimento de seu melhor amigo — meu tio — decidi que tentaria a data de sua morte. O único problema era que eu não sabia quando tinha acontecido.

Com uma pequena ajuda da internet, pesquisei a morte de Dominic Russo e encontrei a data em que ele morreu. Surpreendentemente, estava em vários sites de notícias. Presumi que não iria encontrar nada, porque ele morreu no armazém onde traficavam mulheres e policiais estavam na folha de pagamento de Russo, mas lá estava em negrito:

Dez mortos em tiroteio em armazém

Havia uma foto do armazém com corpos cobertos por lençóis brancos e, enquanto eu lia o artigo, me perguntei como meu pai conseguiu tirar as mulheres de lá porque não havia menção a tráfico sexual ou desaparecimento de mulheres. Na verdade, não mencionou que meu pai tinha estado lá, ou para que o armazém era usado. Dizia apenas que Dominic era filho de Giovani Russo, um generoso benfeitor de várias organizações policiais na cidade de Nova York. E então, é claro, tive minha resposta: minha família pagou as autoridades.

Rolei de volta para o início do artigo, anotei a data em que foi escrito e tentei um dia antes dessa data como o código para o cofre.

Abriu.

Lá dentro estavam as pilhas de dinheiro usuais que se viam dentro de um cofre — pelo menos na TV — e uma caixa de charutos. Havia a certidão de casamento dos meus pais, minha certidão de nascimento, a escritura do nosso apartamento, a da cobertura e outra escritura de uma propriedade em Roxbury, Nova York. Eu não tinha ideia de qual propriedade era essa, então peguei meu telefone e procurei o endereço. Ele mostrou um terreno nas montanhas Catskills e, usando a visualização de satélite, vi uma pequena casa ou cabana no local. Não havia nada por quilômetros e quilômetros rodeando a cabana, e me pareceu estranho que meu pai tivesse uma propriedade tão distante da civilização quando toda a sua operação estava lidando com pessoas. Era onde ele estava agora, já que eu não conseguia rastrear seu telefone? Fazia sentido que a recepção do celular fosse ruim tão longe da estrada principal, mas por que ele estaria lá?

Anotei o endereço para o caso de eu precisar saber.

Ele estava mantendo isso em segredo por um motivo.

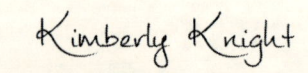

CAPÍTULO 14

ZELL

Deitei na cama por vários minutos depois que Frankie saiu. A sensação de seus lábios ainda era proeminente nos meus, e eu estava saboreando o momento. Isso até que ouvi o clique dos saltos de Madame vindo pelo corredor. Corri e saí da cama, peguei o vestido preto do chão e o coloquei, sem me importar se estava sem sutiã ou calcinha por baixo. Conforme o clique ficava cada vez mais e mais alto, comecei a tirar os lençóis da cama.

O clique parou e eu olhei para cima, vendo Madame na porta.

— Você não fez sexo — afirmou ela.

Meu coração afundou e minha boca se abriu.

— Eu...

— Por que não?

— Ele...

— Ele o quê? — Ela cruzou os braços sobre o peito. — Ele não queria? — Acenei, sem dizer nada. Madame deu uma risada maligna em resposta. — Oh, Zell. Ele é um garoto de dezoito anos. É claro que ele queria. Foi você que não quis.

— Não! — gritei, balançando a cabeça. — Eu juro.

Ela estreitou seu olhar escuro.

— Não minta para mim, garota.

— Eu não estou mentindo — implorei. — Ele só queria beijar.

— É melhor que você esteja certa. Se eu ouvir o contrário do pai dele, será um inferno pagar por isso.

Engoli.

— Sim, senhora.

Madame olhou para mim por mais alguns segundos antes de se virar e ir embora. Eu não me movi, ouvindo o som de seus saltos se tornando cada vez mais fracos até que eu não pudesse mais escutá-los. Esperei um minuto extra para ter certeza de que ela tinha ido embora antes de me mover e terminar de limpar o quarto.

Quando eu estava saindo para subir para o meu, ouvi o barulho de seus saltos novamente. Corri para a escada dos fundos, não querendo encontrar Madame novamente. Não fui rápida o suficiente.

— Zell!

Parei no meio do caminho a apenas alguns centímetros da porta de entrada para as escadas e me virei lentamente, olhando para o chão.

— Sim, senhora?

— Você não vai mais ver aquele menino — afirmou.

Meu olhar saltou para o dela.

— Por que não?

— Algo suspeito está acontecendo e eu não gosto disso.

— Não entendo.

Ela revirou os olhos escuros.

— Revi a última hora da fita e tenho certeza de que algo está acontecendo.

— O que você quer dizer?

— Não discuta comigo, garota. Eu sou sua mãe e proíbo você de vê-lo novamente.

— Mas você já me deixou vê-lo. Duas vezes. — Eu a lembrei.

— Eu sei disso, Zell — ela retrucou. — Mas agora que vi o que se passa por trás das portas fechadas, não gosto disso. Vocês estão tramando alguma coisa.

— Não estou — choraminguei.

— Nenhum menino vem a um bordel só para beijar. — Ela colocou as mãos nos quadris.

— Frankie sim!

A cabeça da Madame se inclinou ligeiramente.

— Frankie? Você o chama de Frankie?

Eu respirei fundo. Chamá-lo de Frankie estava errado? Ele me disse que esse era o nome dele.

— Sim — sussurrei.

— É Sr. Russo, não Frankie — ela cuspiu.

— Mas ele disse…

— Não me responda, mocinha. Faça o que eu digo.

— Sim, senhora. — Isso significava que eu iria vê-lo novamente porque deveria chamá-lo de Sr. Russo? Eu não queria mais discutir com ela. — Isso é tudo?

Seu olhar se estreitou.

— Por agora.

Eu me virei e subi correndo as escadas. Deveria saber que Madame iria arruinar o bom momento que eu estava tendo.

Ela era uma bruxa.

Depois de chorar até dormir, sonhei com Frankie. Sonhei que ele voltava e me resgatava da minha torre, e nós cavalgávamos até o pôr do sol, e eu nunca mais vi Madame novamente. Eu não me importava que ela fosse minha mãe. Eu a odiava. Eu a odiava muito.

Uma batida soou na minha porta e então ela se abriu.

— Apenas checando para ter certeza de que você está acordada — Erin declarou. Ela me examinava todas as manhãs para se certificar de que eu estava acordada para o café da manhã e para a escola.

— Eu estou — sussurrei, sem me virar para olhar para ela. Eu já estava acordada, com o sol brilhando em meu rosto, mas não me mexi nem saí da cama.

— Você está bem? Achei que estaria dançando pela sala esta manhã, desde que Frankie veio ver você.

— Eu estava feliz até que a Madame disse que não posso mais vê-lo.

— Por que não?

Ouvi a porta fechar e olhei por cima do ombro para ver que ela havia entrado em meu quarto.

— Porque ela acha que algo estranho está acontecendo entre nós. Eu nem sei o que isso significa.

A cama afundou atrás de mim.

— Ela assistiu vocês nas câmeras?

— Sim.

— E o que aconteceu?

Contei a ela sobre Frankie me dizendo que íamos fingir que estávamos fazendo sexo, como ficamos nus e deslizamos sob as cobertas e como ele puxou o lençol para cima de nós para que Madame não pudesse nos ver nas câmeras. Então eu disse a ela como ele me beijou e como foi mágico, e como nós nos beijamos o tempo todo e eu nunca queria que isso parasse. Terminei minha história sobre como Madame entrou e me repreendeu, me proibindo de ver Frankie.

— Eu não acho que ela possa fazer isso — Erin afirmou.

Eu me virei e a encarei.

— Sério?

— Ela poderia se ele fosse qualquer outro cliente, mas este é o filho do Sr. Russo, e o Sr. Russo é o chefe.

— Mas ela é minha mãe. Ela não pode impedi-lo?

Erin ergueu um ombro.

— Ela não conseguiu na primeira noite.

Eu a encarei por alguns segundos. Erin estava certa. Madame tentou impedir, mas o Sr. Russo insistiu, e ela cedeu. Ela vendeu sua filha virgem para o filho dele.

— O que vai acontecer quando ele voltar?

— Eu não sei.

Eu também não, mas sabia que ele voltaria, porque confiava nele agora. Ele me disse na primeira vez que voltaria, e ele voltou, então eu tinha certeza de que o faria. No entanto, fiquei apavorada ao pensar no que Madame faria. Ela poderia proibir Frankie de me ver como ela havia ameaçado? Eu não sabia como funcionava o relacionamento dela com o Sr. Russo, mas até Frankie me disse que seu pai era o chefe dela. Isso tinha que significar alguma coisa, certo?

— Está acontecendo algo suspeito? — Erin perguntou.

— Não, claro que não.

Ela estreitou os olhos.

— Zell, eu sei que seu coração está se partindo, mas você pode me dizer.

— Nada de suspeito está acontecendo. — Eu não sabia o que isso significava, mas disse mesmo assim.

— Então, ele não disse que ia tirar você daqui?

Puxei a cabeça um pouco para trás.

— Isso é suspeito?

— Claro que é.

— Por quê?

— Porque você não pode ir embora.

— Eu posso, se o chefe me levar, certo?

Erin arqueou uma sobrancelha.

— O chefe?

Me sentei e cruzei as pernas.

— Frankie disse que ele está se tornando o chefe.

— Mesmo?

Acenei, animada.

— Seu pai o está ensinando a assumir o controle.

— E depois?

Encolhi os ombros ligeiramente.

— Então, ele vai me tirar daqui.

— Zell. — Ela apertou meu joelho que estava sob as cobertas. — Você precisa ter cuidado.

— Cuidado? — Arqueei uma sobrancelha.

— Sei que você acha que tudo ficará bem só porque Frankie se tornará o chefe, mas a Madame ainda é sua mãe. Você tem apenas dezessete anos e precisa obedecer às regras dela.

— Tenho quase dezoito anos — eu disse, como se ela não soubesse. As meninas foram as únicas a se lembrar do meu aniversário, que seria em duas semanas.

— Eu sei, querida, mas não vivemos uma vida normal.

— Eu sei disso.

— Estou realmente preocupada com o que vai acontecer quando você completar dezoito anos — Erin admitiu.

— Por quê?

— Porque estou com medo de que a Madame pense que ficará tudo bem para você ver os clientes.

— Tipo... tipo fazer sexo? — questionei.

— Sim.

— Mas eu ainda sou virgem — eu a lembrei.

— Eu sei, e isso me deixa ainda mais nervosa.

— O que a gente faz?

Ela ficou em silêncio por alguns segundos, olhando para a janela solitária do meu quarto.

— Eu não sei, Zell. As meninas e eu talvez precisemos ensinar a você tudo o que sabemos.

Uma lágrima rolou pela minha bochecha. Eu não queria estar com ninguém, exceto Frankie. Ele me deixou confortável. Me fez rir e nunca me obrigou a fazer nada que eu não quisesse.

— Talvez Frankie venha me buscar no meu aniversário — sugeri.

— Ele sabe quando é isso?

Neguei.

— Eu não disse a ele a data exata.

Erin enxugou minha lágrima.

— Bem, por precaução, acho que precisamos ensinar a você mais do que o que está em nossos livros.

Kimberly Knight

CAPÍTULO 15

FRANKIE

Quando meu pai me disse que eu aprenderia a outra metade de seu negócio, presumi que pararia de vender drogas para ele. Esse não foi o caso. Eu ainda estava vendendo para as pessoas na escola sempre que elas precisavam de algo. Tentei deixar meu estoque em casa, mas meu pai me parou no caminho para fora e perguntou onde estava minha bolsa. A sacola que ele sabia que eu carregava as drogas.

Depois da escola, meu pai me colocava sob suas asas, por assim dizer. Fomos ao armazém e recebemos a mercadoria. Nas últimas duas semanas, chegava uma mulher nova por dia. Vender drogas era mais na encolha, mas sequestro? Essa merda estava às vistas e as pessoas tinham que denunciar o desaparecimento das mulheres, o que significaria que a polícia estava envolvida, e eu não quis dizer necessariamente a polícia de Nova York. Eu tinha aprendido que as mulheres que eram levadas eram, muitas vezes, turistas, então isso me fez pensar. Pesquisei na internet e descobri que havia quase 90.000 casos de pessoas desaparecidas abertos somente nos Estados Unidos. Como isso era possível? Não era de se admirar que meu pai se safasse com essa merda. Antes que pudesse haver uma investigação, as mulheres eram vendidas e despachadas sem deixar vestígios.

Para piorar as coisas, eu não via Zell há quase duas semanas. Pensava nela o tempo todo e planejava ir todos os sábados à noite, em vez de ir a festas como no passado, mas, em vez disso, meu pai tinha outros planos para mim.

Estávamos nos preparando para outro leilão e eu não estava nem perto de descobrir como impedir ou tirar Zell da cobertura. Pensei em simplesmente sair dali com Zell ao meu lado, e tinha certeza de que poderia fazer a minha parte, mas assim que meu pai descobrisse, eu teria muito a explicar e ele a pegaria de volta. Não era como se eu tivesse um lugar para nos escondermos e eu não queria escondê-la. Ela tinha estado trancada por muito tempo, e a pobre garota precisava do sol.

Meu pai estava fora fazendo seus negócios — ou em seu clube —, minha mãe ainda estava desaparecida e eu queria ver Zell, então fui. Desta vez, porém, Madame iria desligar a porra das câmeras. Ela aprenderia que eu seria seu chefe e que deveria ter o mesmo respeito que o meu pai.

Entrei no carro que usei e instruí meu motorista a ir para a cobertura. Ficava a apenas alguns quarteirões de distância, mas antes de chegarmos, tive uma ideia.

— Nate, pare na esquina. Eu preciso ir à loja primeiro.

— Sim, senhor — respondeu, encostando o carro no meio-fio.

Quando saí da parte de trás do carro, a neve caia do céu e eu corri para dentro da loja. Não era um lugar que eu frequentasse, mas rapidamente encontrei o que procurava, paguei e voltei para o carro aquecido. Nate me levou o resto do caminho até a cobertura.

— Vou demorar mais ou menos uma hora — avisei, abrindo a porta e saindo. — Vou mandar uma mensagem quando estiver pronto.

— Sim, senhor.

Corri para o saguão do prédio e, como da vez anterior, fui para o andar da cobertura para avisar à Madame que eu estava lá. Quando vim com meu pai pela primeira vez, ele usou uma chave para subir até a cobertura. Presumi que todos os clientes tinham uma, mas quando soube que ele era o dono do lugar, vi que não era isso. Ao vir sozinho da última vez, tive que usar o monitor de vídeo para chegar até lá.

Esperei alguns segundos antes que o monitor finalmente ligasse. Quando isso aconteceu, o rosto de Madame apareceu. Eu esperava que fosse Marcus ou outro guarda, como da última vez.

— Sr. Russo. O que está fazendo aqui?

— Vim ver Zell.

— Eu… sinto muito, ela não está disponível.

Inclinei minha cabeça ligeiramente para o lado e franzi a sobrancelha em confusão.

— O que você quer dizer com "ela não está disponível"?

— Ela está doente.

Eu gostaria de poder ver seu rosto para avaliar se ela estava mentindo ou não.

— Eu não me importo. Quero vê-la.

— Sinto muito…

— Eu preciso ligar para o meu pai? — perguntei, e puxei meu celular do meu casaco.

— Escute aqui…

— Não — eu rebati, não me importando se o porteiro ou alguém caminhando para o outro conjunto de elevadores poderia me ouvir. — *Você me escute*. Um dia, em breve, esta será a minha operação. Eu me tornarei seu chefe. Se você não quiser ser despedida no meio do inverno, sugiro que me deixe entrar. Fui claro? — Esperei que ela respondesse, repassando o que tinha dito, meu tom e quão facilmente saiu da minha boca. Eu aprendi muito com Frank Russo ao longo dos anos, e não aceitar merda era uma delas.

— Você está… você vai assumir? — ela gaguejou.

Eu sorri largamente.

— Vou.

— Desde quando?

Desde que não é da sua conta, porra, eu queria dizer.

— Desde que meu pai começou a me mostrar como as coisas funcionam.

A porta da frente do prédio se abriu e eu olhei para ver um casal entrar. Eles foram para outro conjunto de elevadores que eu assumi que paravam em outros andares do edifício. O elevador para chegar à cobertura foi direto para o trigésimo terceiro andar.

— Você tem dois segundos para mandar o elevador descer, ou irei ligar para meu pai. — Virei o telefone em direção à tela para mostrar que suas informações de contato estavam abertas e tudo que eu precisava fazer era pressionar um botão para ligar para ele.

Ela não respondeu, mas ouvi o elevador começar a descer. Quando estava no térreo, entrei e apertei o botão para subir. Era bom estar no poder e percebi porque meu pai era assim. A sensação era incrível.

O elevador apitou e as portas se abriram. Eu meio que esperava que Madame estivesse esperando para gritar comigo, mas ela não estava. Era o guarda que eu tinha visto quando vim com meu pai. Ele assentiu.

— Acho que não nos conhecemos oficialmente — afirmei. — Frankie Russo. — Estendi a mão.

Ele pegou.

— Ricardo.

— Não tenho certeza se Marcus te contou, mas eu irei substituir meu pai em breve. Você vai me ver muito mais.

— Sim, senhor. — Ele deu um rápido aceno de aprovação.

— E... — Me virei para a sala de estar. — Onde está a Madame? — Eu tinha esquecido completamente qual era seu nome verdadeiro. Quando meu pai a chamou por ele, eu não estava prestando atenção, porque meu único foco estava na garota de cabelo loiro superlongo. Seu nome era Cinnamon? Basil? Caynenne[1]? Eu sabia que era algum tipo de tempero.

— Ela está em seu quarto, senhor.

Então, era assim que ela tratava o novo chefe. Eu me lembraria disso.

— Tudo bem. Diga a Zell que estou aqui para vê-la.

— Imediatamente, senhor.

Ele pegou um telefone que estava pendurado na parede atrás dele e, alguns momentos depois, disse:

— A Srta. Zell tem uma visita. — Eu sorri para mim mesmo enquanto olhava ao redor da sala. *Sim, ela tinha.* — É o Sr. Russo... Junior. — Ele desligou o telefone. — Ela vai se levantar, senhor.

— Obrigada. — Concordei com a cabeça e comecei a me afastar, mas então parei. — E, por favor, diga à Madame para desligar as câmeras.

— Sim, senhor. — Ele pegou o telefone novamente e eu fui embora.

Não tive que esperar muito para Zell entrar na sala. Ela estava com o mesmo vestido preto que eu a tinha visto antes, e desta vez seu cabelo estava preso em um rabo de cavalo.

— Oi — cumprimentou.

Eu sorri e caminhei em sua direção.

— Oi.

— Achei que você não voltaria.

— Eu queria vir antes, mas tinha negócios com meu pai.

— Oh. — Ela olhou para o chão como se estivesse envergonhada. — Madame disse que eu não posso mais te ver.

Eu ri baixinho.

— E ainda assim, aqui estou.

— Está tudo bem? — Ela mal olhou para mim.

---

1 Cinnamon, basil e cayenne são os nomes em inglês para canela, manjericão e pimenta caiena, respectivamente.

Kimberly Knight

Estendi meus braços para indicar o cômodo.

— Ela está aqui me puxando para longe?

— Não.

Levantei seu queixo com o dedo e encarei seus olhos azul-bebê.

— Está tudo bem. Eu prometo. Você está pronta?

Ela assentiu um pouco.

— Sim.

— Mostre o caminho, princesa. — Zell sorriu lentamente e então se virou e foi para o corredor. — Espera. — Eu a parei, agarrando seu braço, um pensamento me ocorrendo. Me aproximei de Zell e baixei minha voz.

— Há câmeras em seu quarto? Eu não confio na Madame.

— Sim. — Ela respirou. — Há câmeras em todos os cômodos.

— Você sabe onde elas estão? — As câmeras que estavam na sala em que eu estive nas últimas duas vezes não eram visíveis.

— Sim. Elas não estão escondidas como as que estão nos quartos deste andar.

— Bom. — Eu sorri. — Vamos para o seu quarto.

— Meu quarto? — Ela prendeu a respiração. — Mesmo?

— Eu quero vê-lo.— Sorri de novo.

— Nós podemos?

— Ah, princesa. — Eu ri. — Eu posso fazer o que quiser.

— Não quero ter problemas — sussurrou Zell.

— Você não vai.

— Promete?

Estiquei meu dedo mindinho.

— Prometo. Se a… qual é a porra do nome dela mesmo?

— Saffron — respondeu ela.

— Oh. — Bufei. Eu estava muito errado. — Se Saffron for má com você, quero que me diga. Eu cuidarei dela.

— Mas ela é minha mãe.

— E eu sou o chefe dela. — Bem, eu seria em breve.

— Funciona assim?

— Sim, se ela não quiser ser uma sem-teto.

Os lindos olhos azuis de Zell se arregalaram.

— Você pode fazer isso?

Segurei sua bochecha e repeti:

— Eu posso fazer o que diabos eu quiser.

— Ok. — Ela sorriu. — É por aqui.

Ela se virou e caminhou até a outra extremidade do corredor. Eu a segui, subindo a escada dos fundos para outro andar. A porta do quarto dela era a primeira à esquerda.

— É pequeno — afirmou.

— Está bem.

Zell estava certa. Seu quarto era minúsculo. Havia espaço apenas para sua cama de solteiro, uma mesinha de cabeceira com uma lâmpada pequena, um cavalete no canto e um pequeno cabideiro para suas roupas. Ela não tinha um armário ou pôsteres nas paredes ou qualquer coisa que eu tivesse visto das garotas da escola.

A câmera estava no canto do quarto direcionada para a cama dela, então peguei uma camisa do cabide de roupas de Zell e joguei sobre ela por precaução.

— Eu disse que é pequeno.

— Isso vai mudar em breve — garanti, e sentei na beira da cama.

— Mesmo?

— Não tenho um plano ainda, mas terei em breve. — *Eu esperava*.

— Amanhã, farei dezoito anos.

— Sério?

Ela assentiu, mas não sorriu.

— Você não está animada com isso?

Ela soltou um suspiro.

— As meninas estão com medo do que a Madame fará.

— O que você quer dizer?

— Com... com clientes.

Eu rosnei com o pensamento.

— É melhor ela não se atrever, porra.

— Como posso impedi-la?

Tirei o celular pré-pago do bolso do casaco e entreguei a ela.

— Você me liga e eu vou vir o mais rápido possível.

Ela pegou o telefone de mim.

— Eu nunca usei um desses antes.

— É fácil. — Eu me levantei e tirei meu casaco. Peguei o telefone da calça jeans e enviei uma mensagem para o número que já havia programado nele:

> Eu: Gosto do seu cabelo para cima.

Kimberly Knight

— Agora, aperte este botão. — Apontei para a tela. — E você pode ler... você pode ler, certo?

Ela revirou os olhos azuis.

— Sim, eu posso ler.

Eu ri.

— Apenas me certificando.

Zell empurrou meu ombro de brincadeira.

— Apenas me mostre como usar isso.

Eu fiz, mostrando a ela como digitar de volta:

> **Zell: Gosto de você pelado.**

— Você não disse isso! — Ela riu.

Eu sorri.

— Ninguém vai ver. Você precisa ter certeza de esconder para que Madame não tome de você.

— E não usar na frente das câmeras.

— Exatamente. — Minha princesa estava aprendendo. — Você pode me enviar uma mensagem a qualquer hora, e lembre-se de me ligar se alguma coisa acontecer e você precisar de mim. Eu moro a apenas alguns quarteirões de distância.

— Isso me deixa muito feliz. — Zell abraçou o telefone contra o peito. — Eu nunca ganhei um presente antes.

Segurei sua bochecha e sorri calorosamente para ela.

— Assim que tirarmos você daqui, vou te encher de presentes.

— Eu mal posso esperar.

— Agora que você tem quase dezoito anos, será mais fácil — declarei.

— Mesmo?

— Você vai ser adulta. Madame não vai mais te controlar.

Ela franziu o cenho.

— Exceto que estou trancada aqui e não tenho para onde ir.

— Eu sei. Estou trabalhando nisso. — Eu não tinha um lugar para onde ela pudesse ir, mas tinha dinheiro na minha conta bancária e poderia hospedá-la em um hotel até ter um plano melhor. Não tinha certeza do que meu pai faria quando descobrisse, mas tinha certeza de que Madame diria a ele. Eu precisaria fugir com Zell, e ainda não estava pronto para fazer isso.

— Eu sei. Espero que seja logo.

— Eu também, princesa. Eu também.

Eu a ajudei a esconder o celular. Não era o melhor lugar para se esconder, mas devido ao seu quarto pequeno e à falta de itens nele, entre o colchão e o estrado, na lateral contra a parede era o melhor lugar. Ela também pode deslizar a mão deitada de lado ou de barriga para baixo e escondê-la da câmera. Ela precisaria fazer isso sob as cobertas, mas eu tinha fé de que poderia fazer funcionar.

— Você quer dar uns amassos de novo? — perguntei, conforme nos sentamos em sua cama.

— Pensei que você nunca iria perguntar. — Ela sorriu.

Eu não hesitei. Nas últimas duas semanas, estive pensando em seus lábios. Para alguém que nunca tinha beijado antes, ela beijava muito bem. Ou talvez eu fosse um professor incrível.

Zell interrompeu o beijo.

— Posso te perguntar uma coisa?

— Claro.

— Podemos fazer sexo?

Eu hesitei.

— O quê? Tá falando sério?

Ela virou a cabeça e olhou para a parede branca e vazia.

— As meninas têm me ensinado coisas, e eu realmente não quero que minha primeira vez seja com alguém que não conheço.

— Porra, Zell. Só o pensamento de você com outra pessoa e eu sinto como se tivesse levado uma facada.

— Estou com medo — admitiu.

Eu a puxei para os meus braços, sua cabeça em meu ombro. Eu odiava essa merda. Embora não tivéssemos certeza se a Madame iria transformar sua própria filha em uma prostituta, eu tinha a sensação de que ela iria. Ela era uma Madame em uma porra de puteiro, e Zell era apenas mais uma garota para trazer dinheiro. No final das contas, tudo girava em torno disso.

Exatamente como meu pai via a vida.

Zell ficou em meus braços por vários minutos e eu pensei no que fazer. Essa era a minha chance de fazer isso por ela. Eu não gostaria de perder minha virgindade com alguém que não conhecia — bem, talvez eu tivesse perdido. Era diferente para um cara. Eu tinha certeza disso

— Princesa — sussurrei, e ela levantou a cabeça para olhar nos meus olhos. — Se você quiser fazer isso, eu farei.

Kimberly Knight

— Sim. Estou pensando nisso há semanas e não consigo imaginar minha primeira vez com outra pessoa.

— Ok. — Parecia que estávamos fechando um negócio. Era péssimo. Eu queria que fosse quente e intenso com Zell antes de fazer sexo com ela, mas não tínhamos essa opção. Talvez no futuro houvesse um momento para isso, mas este não era o momento. Era como se sua virgindade fosse uma bomba-relógio. — Você está pronta?

Ela concordou com a cabeça ligeiramente.

— Tão pronta como eu sempre estarei.

Segurei sua bochecha.

— Eu vou devagar.

— Ok.

Nós dois nos levantamos e começamos a tirar nossas roupas como tínhamos feito da última vez que estive com ela.

— Você tem camisinha? — perguntei.

Seus olhos azul-bebê se arregalaram.

— Não. Elas estão nos outros quartos.

— Porra. — Eu suspirei.

— Eu posso ir buscar uma.

— Não. — Neguei com a cabeça. — Eu não quero arriscar que a Madame esteja esperando por nós ou algo assim.

— Tem certeza?

— Eu vou apenas puxar para fora. — Dei de ombros. Como Zell era virgem, eu tinha quase certeza de que ela estava saudável. A única coisa que eu precisava me preocupar era engravidá-la, então eu iria tirar antes de gozar.

— Porque posso engravidar — disse ela, mais para si mesma do que para mim.

— Sim.

Subimos em sua cama pequena e tentei não olhar para seu corpo nu, mas ela era linda. Tudo sobre Zell era perfeito e, honestamente, me deixou duro. Eu estava tentando não mostrar a ela o quanto ela me excitou, porque eu não queria que ela ficasse com medo, mas porra, eu não precisava que ela fizesse nada, exceto ficar nua para eu ficar duro como uma rocha.

— Você está pronta? — perguntei de novo.

Ela respirou fundo e sussurrou:

— Sim.

Capítulo 16

ZELL

Eu não percebi que sexo iria doer. Pelos livros que li e pelo que as meninas me contaram, achei que deveria ser bom. Eu tinha ouvido as garotas gemerem através das paredes enquanto eu limpava, e pensei que elas estavam se divertindo. Foi tudo uma atuação?

— Você está bem? — Frankie perguntou, olhando nos meus olhos.

Eu concordei. A dor de quando ele entrou em mim estava indo embora lentamente, mas não estava me sentindo bem como eu esperava. Mas eu não queria lhe dizer isso. Ele estava me fazendo um favor e eu não queria que pensasse que estava fazendo algo errado ou se sentisse mal por me machucar.

— Eu posso parar se você quiser.

— Não, está tudo bem.

— Tem certeza?

— Sim, eu quero a experiência completa.

Frankie riu um pouco, se movendo dentro de mim.

— Princesa, isso não é uma experiência normal.

— Não é?

Ele negou com a cabeça.

— Meu Deus, não.

— Então faça do jeito normal.

Ele parou, deslizou para fora de mim e se sentou nos calcanhares.

Kimberly Knight

— Então você precisa relaxar e só sentir.

— Só sentir?

— Feche os olhos e não pense no que está acontecendo. Aproveite.

Estava na ponta da língua dizer a ele que estava doendo e por isso não estava gostando, mas não disse nada. Só concordei com a cabeça novamente.

Fechei os olhos como ele me pediu, e então sua mão estava entre minhas pernas. Meus olhos se abriram.

— O que você está fazendo?

— Shh — disse ele. — Confie em mim.

Concordei com a cabeça mais uma vez e fechei os olhos novamente. Ele não começou a se mover. Em vez disso, usou os dedos para me esfregar. Eu sabia o que ele estava fazendo quando me lembrei dos livros de romance que li, e tive que admitir que começava a me sentir bem.

— Você gosta disso? — Frankie perguntou.

— Sim. — Suspirei, porque gostei. Parecia muito diferente de quando ele estava dentro de mim.

— Bom.

Ele me esfregou por um tempo, e pensei que teria meu primeiro orgasmo, mas não aconteceu. Não senti o prazer correr por mim como eu tinha lido e meu corpo não convulsionou, e acho que Frankie sabia disso também, já que ele parou de usar sua mão e entrou em mim novamente, começando a se mover dentro de mim.

— Eu preciso parar — ele disse, depois de longos momentos estocando dentro de mim, com minhas pernas ao redor de seus quadris.

— Oh, tudo bem.

— Eu quero dizer, que eu vou gozar.

— Oh! — exclamei. Eu estava fazendo com que ele se sentisse bem, como as garotas disseram para fazer, e isso me deixou feliz por ele estar se divertindo, mesmo que eu não estivesse.

— Você tem um lenço de papel? — perguntou, saindo de dentro de mim. — Vou terminar sozinho.

Eu neguei com a cabeça.

— Eu posso ir pegar um pouco no banheiro.

— Sim, faça isso.

— Ok. — Saí da cama, coloquei o vestido preto e corri para fora do meu quarto, fechando a porta atrás de mim para que ninguém visse Frankie.

Quando voltei, ele estava deitado de costas, nu, com uma coisa branca na barriga. — Aqui. — Estendi a mão com papel higiênico.

— Obrigado. — Ele pegou o papel e começou a limpar a coisa branca. Foi então que percebi que era seu sêmen. — Definitivamente não é como eu pensei que esta noite seria.

— Nem eu — admiti.

Frankie saiu da cama e vestiu a boxer.

— Da próxima vez será melhor.

— Próxima vez?

— Sim. Eu não posso deixar você pensar que sexo é assim. Eu nem mesmo fiz meus melhores movimentos. — Ele agarrou seu suéter do chão.

— Então, você vai voltar?

— Assim que eu puder. Lembre-se de me ligar se Madame quiser que você fique com um cliente. — Ele puxou o suéter pela cabeça.

— Eu irei. — Pelo menos, eu esperava conseguir. Ligaria para ele se a Madame me dissesse para me limpar e me vestir como ela tinha feito na noite em que Frankie apareceu pela primeira vez. Essa seria minha primeira pista, e eu esperava que fosse tempo suficiente para ele me salvar.

Depois que ele se vestiu e saiu do meu quarto, fui para o meu banheiro. Quando me limpei, percebi que estava sangrando um pouco. Sexo, realmente, era assim?

No dia seguinte, a Madame não me desejou feliz aniversário e foi a primeira vez que as meninas não comemoraram meu aniversário. Elas ainda me deram os parabéns, mas não teve bolo. Não queríamos lembrar a Madame, caso ela tivesse esquecido, e era evidente que sim.

As meninas cuidaram de mim depois que eu disse a elas que Frankie e eu fizemos sexo. Elas me deram uma aspirina e me perguntaram como foi. Eu disse a elas a verdade sobre ter doído e que eu não tinha gostado. Aparentemente, isso era normal na primeira vez. Porém, não contei a elas sobre o celular. Esse era um segredo meu e de Frankie. Não era como se eu não confiasse nelas, mas não podia arriscar que Madame descobrisse.

Na hora de dormir, peguei o telefone.

Tirei ele de entre o colchão e o estrado, e para minha surpresa, tinha uma mensagem.

> Frankie: Feliz aniversário, princesa. Fiquei pensando em você o dia todo.

Sorri ao ler sua mensagem e mandei uma de volta, me escondendo sob as cobertas no escuro.

> Eu: Obrigada. Eu também fiquei pensando em você. Queria que estivesse aqui.

Comecei a colocar o telefone de volta no esconderijo, mas ele zumbiu na minha mão.

> Frankie: Como foi hoje?

Ao ler a mensagem dele, pensei que talvez estivesse me perguntando o que Madame tinha feito, já que estávamos com medo de que ela me fizesse ser uma *mulher que trabalha* agora.

> Eu: A gente acha que a Madame esqueceu que era meu aniversário. Eu não a vi o dia todo.

> Frankie: Ótimo. Não diga a ela, porra. Isso me dá mais tempo.

> Eu: Espero que seja logo.

> Frankie: Eu também, princesa. Na próxima vez que meu pai sair da cidade, eu vou visitá-la.

> Eu: Quando será isso?

> Frankie: Não sei.

PRESA

Fiz uma careta ao ler essas palavras. Mesmo que eu não soubesse aonde Frankie me levaria, eu só queria sair, especialmente agora que não sabia o que Madame faria quando se lembrasse que eu tinha dezoito anos.

> Frankie: Eu preciso ir. Descanse um pouco e eu mando uma mensagem amanhã.

> Eu: Ok. Boa noite.

> Frankie: Boa noite, princesa.

Naquela semana, eu estava animada para ir para a cama todas as noites, porque era quando Frankie e eu trocávamos mensagens. Adorei poder falar com ele diariamente. Enfim eu tive um amigo da minha idade. Um amigo que fazia com que eu me sentisse especial.

> Frankie: Desculpe, não posso ir esta noite. Meu pai quer que eu me prepare para o nosso próximo leilão, mas me ligue se a Madame insinuar que você vai ficar com alguém esta noite, e eu vou pra aí.

Naquela noite era a festa mensal que Madame oferecia para clientes. Ela não me disse que eu deveria ficar na fila junto das meninas. Também não tinha mencionado meu aniversário, mas eu ainda estava ansiosa porque, com um estalar de dedos, eu teria que fazer o que ela quisesse.

> Eu: Estou no meu quarto esperando uma das meninas terminar para limpar. Acho que vou ficar bem.

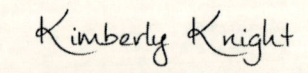

Frankie não me respondeu e comecei a ler o livro que recentemente peguei emprestado com Leanne. Não li muito além antes de ser chamada para limpar um quarto, e então passei as próximas horas fazendo isso em todos os quartos e servindo bebidas até o fim da festa.

Quando terminei com os quartos, eu não tinha terminado a limpeza porque era uma noite de festa. Tive de limpar a sala de estar e qualquer outro lugar onde as pessoas deixassem bebidas, comida ou *drogas*. As noites de festa eram cheias de álcool e cocaína. Comecei a esfregar o chão e já estava exausta. Minhas costas doem, meu pescoço dói e meus pés doem.

Eu sorri para Marcus, que estava ao lado do elevador.

— Teve uma noite boa hoje?

Ele assentiu.

— Não foi ruim. E você?

Continuei a esfregar.

— O mesmo.

Já era tarde, então dei a conversa por encerrado ali. Mesmo que os guardas mantivessem a mim e as meninas presas, eu ainda gostava deles. Eles eram legais comigo.

Estava quase terminando quando ouvi meu nome.

— Zell.

Olhei para cima, em direção ao elevador, para ver Marcus agarrando seu peito.

— O que você tem? — Corri para ele, o cabo de madeira do esfregão caindo no chão.

— Meu peito. — Ele gemeu e caiu no chão.

Eu me agachei ao lado dele.

— Seu peito? O que há de errado?

— Acho que estou tendo um ataque cardíaco. Peça ajuda!

Me levantei para pegar o telefone que estava na parede, mas parei. Essa era a minha chance. Odiava tratar Marcus desse jeito ou pensar no que aconteceria se ninguém soubesse que ele estava deitado lá, mas eu tinha que aproveitar essa chance.

Eu tinha que sair.

Em vez de pegar o telefone, apertei o botão do elevador e as portas se abriram. Quando dei um passo para entrar, Marcus colocou a mão em volta do meu tornozelo, tentando me segurar. Eu me desvencilhei e entrei, pressionando o botão inferior que me lembrava de ter pressionado anos atrás, quando fui alimentar os patos.

— Sinto muito — eu disse, as portas se fechando.

O elevador começou a descer e meu coração disparou. Isso estava acontecendo. Eu finalmente estava saindo sozinha. Não sabia o que fazer, exceto correr, então eu fiz. Quando o elevador parou, corri para fora dele e fui para a porta da frente. O ar frio soprou em minha pele e eu corri para fora antes que o porteiro tivesse a chance de abri-la. Eu não tinha casaco; estava apenas com o vestido preto que Erin tinha me dado, porque tinha que servir bebidas para a festa, e minhas sapatilhas pretas. Mas isso não me impediu de correr. Eu não sabia para onde estava indo, mas Frankie me disse que morava a alguns quarteirões de distância. Eu o encontraria? Ele me veria correndo? Não sabia em que direção ele morava, mas não parei. Eu precisava ir para o mais longe possível da *casa*.

Corri, corri e corri, até que tive que parar em uma esquina para atravessar a rua. Um carro estava vindo e, depois que ele passou, dei um passo para fora do meio-fio para continuar correndo, mas uma van parou ao meu lado, me impedindo de atravessar. A porta lateral se abriu e eu fui pega, uma mão foi colocada sobre minha boca, e fui jogada para dentro da van enquanto chutava.

— Sinto muito. — Eu chorei, me movendo contra o lado de metal frio. — Por favor, não diga à Madame.

— Cale a boca! — o cara que tinha me agarrado gritou, sua mão batendo na minha bochecha ao mesmo tempo. Doeu. — Ou você faz exatamente o que a gente mandar, ou vamos matá-la.

— Me matar? — eu questionei. — Sinto muito por fugir.

— Fugir? Fugir de onde? — perguntou. Não pude ver seu rosto, porque não havia janelas na parte de trás da van, e apenas uma pequena quantidade de luz dos postes passava através do para-brisa sujo.

— Da casa.

— Que casa?

— Da Madame. Por favor, me deixe ir. Não vou contar a ela.

O cara me deu um tapa no rosto novamente.

— Madame? Quem diabos é a Madame?

Esfreguei minha bochecha e senti meu lábio molhado. Eu estava sangrando?

— Saffron...

— Que merda, cara — disse o motorista. — Pegamos uma das prostitutas do chefe do bordel.

— Parece que sim — afirmou o cara ao meu lado.

— Por favor! — implorei.

Plaft! Ele me deu um tapa novamente.

— O que eu disse a você sobre falar, porra?

— Saffron é...

Plaft!

— Eles não te ensinaram boas maneiras no bordel? Cale a boca! — Parei de falar, esfregando onde ele me bateu várias vezes. — Sabe o que estou pensando? — Ele olhou para o motorista.

— O quê? — perguntou o outro homem.

— Estou pensando que a gente deve ganhar uma amostra grátis. Você sabe, por salvar essa prostituta. — Ele deslizou a alça fina do meu vestido do meu ombro e eu tentei recuar, mas não tinha para onde ir.

— Não sei, cara — argumentou. — Você sabe que não devemos tocar na *mercadoria.*

O cara ao meu lado passou a mão pela minha perna nua e as lágrimas começaram a rolar pelo meu rosto. Eu estava tão assustada.

— Aquelas prostitutas levaram mais pau do que todas as mulheres que pegamos juntos. Que mal tem mais dois?

— Por favor! — implorei de novo. Ele levantou a mão livre e eu vacilei, mas ele não me bateu.

— Não há nenhum lugar para eu encostar — afirmou o motorista.

— Vá para um beco. — O homem ao meu lado segurou minha vagina através da minha calcinha. — Ah, a prostituta está tremendo.

Eu estava. Não conseguia parar o terror que corria pelo meu corpo.

— Fran...

Plaft!

— Você precisa aprender a ser melhor. Cale. A. Porra. Da. Boca.

— Não, cara — respondeu o motorista. — Estamos quase no armazém. Não quero correr o risco do patrão nos ver estacionados.

O homem que me tocou me empurrou para trás e puxou minha calcinha antes que eu pudesse impedi-lo. Ele pressionou o antebraço na minha garganta para me segurar e me impedir de falar.

— Como você quiser. Vou terminar antes de chegarmos lá.

Capítulo 17

FRANKIE

Uma batida soou na porta do escritório do armazém. Era tarde e meu pai e eu estávamos quase prontos para ir embora. Cada menina foi inventariada e preparada para o leilão no dia seguinte. Fiquei doente de pensar que todas as doze mulheres inocentes seriam vendidas, mas não havia nada que eu pudesse fazer a respeito. Meu pai era um homem inteligente e eu sabia que demoraria vários meses para ele confiar o suficiente em mim. Achava que nunca me deixaria assumir o controle completamente, mas tinha uma ideia. Eu ia colocar fogo no lugar, uma vez que estivesse vazio.

— Entre — meu pai gritou.

— Uh, chefe. — Warren esfregou a nuca ao entrar. — Pegamos outra.

— Por que você está me contando? — meu pai perguntou. — Você conhece o procedimento.

O processo era jogá-las em uma gaiola e esperar até que meu pai estivesse pronto para inspecioná-las. Isso não aconteceria à meia-noite, como era agora.

— Porque é uma das garotas da Saffron.

Meus ouvidos ficaram em alerta. Uma das garotas de Saffron? Como ela escapou?

— O que você quer dizer com uma das garotas dela? — meu pai perguntou.

Kimberly Knight

Warren abriu mais a porta e, em um piscar de olhos, uma garota foi empurrada para dentro do quarto por seu parceiro, Enrique. Exceto que não era *qualquer* garota. Era a *minha* garota. *Minha* Zell. Comecei a me levantar e correr para ela, mas parei. Eu não podia demonstrar emoção. Meu pai sabia que eu tinha voltado algumas vezes, mas presumiu que fosse para fazer sexo. Eu disse a ele que sim, e ele deixou em paz. Quando me perguntou sobre meu encontro com Saffron na semana anterior, ele ficou impressionado por eu ter me mantido firme, disse que estava aprendendo rapidamente e, em pouco tempo, seria temido como ele.

— Onde você a encontrou? — Meu pai olhou para mim, questionando se eu sabia o que estava acontecendo.

Dei de ombros, mas porra, não era como se eu não quisesse correr para Zell e dizer a ela que tudo ficaria bem, para confortá-la. Ela estava tremendo, seu lábio estava rachado e sangrando e seu vestido estava rasgado. Warren e Enrique fizeram mais do que apenas pegá-la e eu não gostei disso. Meu sangue ferveu com os pensamentos correndo pela minha cabeça, mas eu tinha que ficar calmo, fingir que não me importava com ela.

— Ela estava correndo pela rua e nós a pegamos — Warren respondeu.

Correndo pela rua? Como diabos ela escapou? Por que não me ligou?

Meu pai se levantou e foi até Zell, o olhar dela estava no chão. Eu não tinha certeza se ela sabia que eu estava na sala, porque não olhou para cima.

— Por que você está assim? — papai perguntou, tocando a alça rasgada de seu vestido.

— Ela...

Papai ergueu a mão e silenciou Enrique.

— Eu perguntei à garota. Quero que ela me diga. — Mas ela não falou. Em vez disso, Zell começou a chorar. — Diga, garota. Diga como você saiu da cobertura e acabou aqui.

— Eu fugi — ela sussurrou em um soluço.

— Como? — meu pai perguntou. Surpreendentemente, seu tom era quase como se ele se importasse.

— Marcus teve um ataque cardíaco ou algo assim. — Ela fungou, sem levantar os olhos do chão. — E em vez de ajudá-lo, eu fui embora.

— Então, sua mãe não sabe onde você está?

— Mãe? — Enrique questionou, mas meu pai não respondeu.

— Não, senhor — respondeu Zell.

— E por que você está sangrando?

— Você sabe como...

Meu pai ergueu a mão novamente para silenciar Enrique.

— Deixe a garota me contar.

Zell ergueu seu olhar ligeiramente, e ele se conectou com o meu. Seus olhos se arregalaram de surpresa, e eu balancei a cabeça para ela contar a ele. Na pior das hipóteses, ele só iria levá-la de volta para a cobertura. Afinal, essa era a filha de Saffron.

— Ele. — Ela apontou com a cabeça em direção a Enrique. — Me bateu e me fez transar com ele.

— Você o quê? — Eu me lancei contra ele.

— Não se preocupe. — Ele ergueu as mãos, enquanto eu agarrava a lapela de seu casaco, jogando-o contra a parede. — Eu usei uma camisinha.

— Você acha que isso melhora o que fez? — Rosnei em seu rosto. Eu sabia que meus sentimentos por Zell estavam aparecendo, mas não pude evitar. O olhar de Enrique se moveu para meu pai como se ele estivesse procurando ajuda. — Não olhe pra ele, porra. Eu te fiz a pergunta.

— Eu... o quê? — ele gaguejou.

— Me diga o que você fez com ela.

— Eu... eu só bati um pouco nela. Fazemos isso com prostitutas indisciplinadas.

Eu estava a segundos de chutar a bunda dele quando meu pai falou.

— Nos deixe.

Olhei para ele e franzi minha sobrancelha.

— O quê?

— Agora! — ordenou a Enrique e Warren.

— O que você quer que a gente faça com ela? — Warren perguntou, e eu soltei Enrique.

— Eu vou lidar com ela — meu pai afirmou. — Agora, dê o fora.

— Sim, senhor — responderam ao mesmo tempo.

— Você vai apenas deixá-los ir embora? — questionei, acenando a mão na direção deles.

Ele ergueu a mão e voltou para a mesa, cruzando os braços sobre o peito. A porta se fechou, deixando eu, Zell e meu pai sozinhos.

— Você vai apenas deixá-los fazer isso com Zell? — perguntei. — Você sabe que ela não é uma das prostitutas da cobertura.

— Você quer me dizer que ela é apenas sua puta?

Encarei meu pai. Isso foi um truque? Ele sabia que eu fui para a cobertura ficar com Zell.

— Você sabia da primeira vez que estive com ela que ela era virgem — eu disse. Isso não era mais uma mentira. — Eu estive iniciando o processo com ela.

Zell começou a chorar ainda mais. Ela tinha que saber que eu estava mentindo para protegê-la.

— Já que ela é sua puta, você vai lidar com isso — meu pai afirmou.

— Ok.

— Tudo isso.

— Ok — repeti. Essa era a nossa chance de tira-la de lá, mas eu ainda não tinha um lugar pra deixá-la.

Como se fosse uma deixa, o celular dele começou a tocar. Ele atendeu.

— Saffron.

Zell e eu nos entreolhamos e desejei que ela estivesse em meus braços. Ela parecia uma gata assustada e abusada, e eu só queria confortá-la. Não importava o que meu pai me disse, eu não a levaria de volta para aquele lugar. Eu sabia que isso afetaria o tempo que levaria para encerrar o tráfico, mas Zell era a minha prioridade. Eu tinha o dinheiro da minha parte nas vendas de drogas, e isso poderia nos ajudar por um tempo — eu esperava.

— Eu sei. Ela está aqui — ele disse para a Madame. — Meus homens a pegaram... Eu sei, ela me contou... Sim, ela me contou sobre o guarda... Vamos levá-la para casa... Sim, em breve... Ok, tchau. — Ele desligou.

— Eu vou sair agora — eu disse a ele, já sabendo que ele queria que eu a levasse de volta para a cobertura.

— Não tão rápido. — Colocou o celular de volta em sua mesa. Engoli em seco. — Você precisa lidar com Enrique e Warren.

— O que isso significa?

— Eles tocaram na *mercadoria*. Eles sabem que isso é contra as regras. O que você vai fazer a respeito?

Tombei minha cabeça para trás e pisquei. A violência era sua resposta para tudo.

— Você quer que eu os mate?

— Você precisa dar o exemplo. Fechar os olhos não fará com que as pessoas tenham medo de você, filho.

— Quem vai ocupar o lugar deles como agarradores? — perguntei, tentando dissuadi-lo. Mesmo que Enrique tenha batido e estuprado Zell, eu não tinha certeza se poderia matar alguém.

— Encontraremos outros. Qualquer um fará qualquer coisa por dinheiro.

Olhei para Zell novamente e depois de volta para meu pai. — Preciso de uma arma.

Meu pai se levantou da beirada da mesa e foi até uma foto atrás de sua cadeira. Ele puxou a foto do rosto de uma mulher da parede e revelou um cofre. Abriu e tirou de lá uma arma prata.

— Eu estive esperando pelo dia que te daria isso. Era do seu tio.

Peguei dele, tentando não mostrar que minha mão estava tremendo. Eu já tinha atirado antes e agora percebi que era meu pai me treinando sem que eu soubesse.

— Onde eu faço isso?

— Nas docas.

— Ok. — Coloquei a arma na cintura da calça jeans. — Isso é tudo?

— Não me desaponte.

— Eu não vou. Eles nos desrespeitaram, porra. — Eu sabia que com isso eu teria a aprovação de meu pai. O desrespeito estava no topo da sua lista de "não foda comigo".

— Empurre para a baía quando eles estiverem mortos.

Eu assenti uma vez e estendi a mão para Zell pegar a minha. Ela o fez, entrelaçando nossos dedos enquanto caminhávamos para a porta.

— Oh, e, Frankie? — meu pai gritou. Olhei por cima do ombro para ele. — Mire entre os olhos.

Não tive tempo para pensar em um plano real. Eu sabia que tinha que levá-los para as docas e depois sair com Zell, e a única maneira de isso acontecer seria se eu dirigisse e fingisse que eles estavam apenas me ajudando a levá-la de volta.

— Vamos — ordenei, apontando para a porta principal.

— Sim, senhor — disse Warren e começou a caminhar conosco.

— O que está acontecendo? — Enrique questionou.

Parei de andar e olhei para ele.

— Você está questionando minhas ordens? — Com o canto do olho, pude ver meu pai na porta de seu escritório.

Enrique olhou para meu pai em busca de confirmação e depois de volta para mim.

— Não, senhor.

— Então eu sugiro que mova seu traseiro.

— Sim, senhor — ele concordou.

— Chave — vociferei, e estendi a mão que não estava segurando a de Zell. Eu não me importava que ainda estivesse com a mão na dela.

Estava claro que eles foderam tudo, e eles saberiam disso antes que a noite terminasse. Warren jogou as chaves para mim.

Zell não disse uma palavra enquanto saíamos do armazém para a noite fria. Olhei para o que ela estava vestindo e balancei a cabeça ligeiramente. Ela estava com praticamente nada, e eu estava congelando vestindo meus jeans e suéter. Eu tinha deixado o casaco para trás porque precisava sair de lá rápido.

Abri a porta do passageiro para Zell e disse aos rapazes:

— Entrem na parte de trás.

Eles acenaram com a cabeça e fizeram o que eu mandei, indo para o lado do motorista e entrando. Eu não dirigia há algum tempo, mas sabia e tinha minha carteira de motorista.

— É melhor você calar a boca. — Ouvi Enrique sibilar para Warren quando entrei.

Eu me virei em meu acento para olhar para eles.

— Vocês dois sabem que estão fodidos. Apenas se sentem aí e calem a boca. Eu preciso limpar a bagunça de vocês.

— Nossa bagunça? — Enrique argumentou. — Foi ela quem fugiu. Como poderíamos saber…

— Não é sobre quem ela é — sibilei. — Você fodeu a *mercadoria*, e agora meu pai está puto.

— Então o que você vai fazer? — Warren perguntou.

Olhei para Zell.

— Levar ela de volta, e então vocês dois vão me deixar em casa.

Os olhos de Zell se arregalaram, como se ela não pudesse acreditar que eu estava dizendo isso — que a estava traindo ao fazer o que meu pai ordenou. Mas eu tinha que deixá-los pensar que esse era o plano.

— Mas primeiro — continuei. — Meu pai precisa que eu compre de seu fornecedor. Vocês estão com suas armas? — Eu precisava saber se eles também tinham alguma.

— Sim, claro, mas você precisa de nós? Nunca fizemos uma compra de drogas antes — Enrique questionou. Ele realmente estava começando a me irritar.

— Vocês precisam consertar o erro de vocês. Agora, cale a boca. — Liguei o motor e olhei para Zell novamente. Ela não estava olhando para mim. Estava encarando a janela do passageiro e chorando. Meu coração doeu. Eu gostaria de poder dizer a ela o que eu faria, tranquilizá-la e provar que tudo que eu já disse a ela era verdade.

Eu estava salvando ela.

Dirigi para fora do estacionamento e em direção às docas. Todo mundo estava quieto e isso me deu tempo para pensar. Eu sabia onde Zell e eu precisávamos ir, pelo menos esta noite.

— Olha, Frankie — Enrique falou. — Eu realmente sinto muito por tocar nela. Isso não vai acontecer de novo.

— Ok. — Definitivamente não aconteceria.

— Então, estamos bem?

Eu ri e não respondi. Em vez disso, parei nas docas. Meu pai fez muitos negócios aqui, não apenas matou pessoas. Não era necessariamente suspeito que estivéssemos fazendo uma compra aqui. Estacionei e desliguei o motor. Virando no meu assento, olhei para os caras.

— Enquanto esperamos pelo nosso contato, me diga novamente o que aconteceu esta noite.

Enrique e Warren trocaram um olhar e então Enrique disse:

— Eu bati um pouco nela e depois, porque pensei que ela era uma prostituta, eu quis uma amostra grátis. Isso não vai acontecer de novo.

— Sabe, você fica me dizendo que isso não vai acontecer de novo, mas algo me diz que Zell não foi a única — eu disse.

Os olhos de Enrique se arregalaram e ele ergueu as mãos.

— Não, eu juro.

Eu agarrei a mão de Zell, entrelaçando nossos dedos para que ela olhasse para mim. Ela o fez brevemente, mas depois se afastou. Ela não tirou a mão.

— Então, você está me dizendo que a noite em que decide estuprar um de seus alvos é a mesma noite em que você, aleatoriamente, pega a filha de Saffron?

— Sim. — Enrique assentiu a cabeça. — Isso é exatamente o que aconteceu.

— Por que eu não acredito em você?

— Diga a ele. — Enrique cutucou Warren. — Diga a ele que isso foi uma coisa única.

— Na verdade. — Eu levantei a mão. — Não vamos falar sobre isso na frente de Zell. Vamos lá. — Eu me virei para abrir a porta e, quando os caras hesitaram, eu os incitei com um aceno de cabeça. Assim que eles saíram, sussurrei para Zell: — Preciso fazer algo que você pode não gostar.

— Matar eles? — ela perguntou.

Kimberly Knight

— Eu preciso, mas me diz, Enrique foi o único a tocar em você?

— Sim. — Ela acenou com a cabeça. — O outro tentou dizer a ele para não fazer isso.

— É bom saber.

— Você realmente vai matá-los?

— É assim que tem que ser, princesa. Esta é a vida que me foi dada. — Porém, eu tinha planos para mudar isso. Planos que provavelmente não iriam acontecer agora que eu teria que trair meu pai e tirar Zell daqui.

— Sinto muito — ela sussurrou.

— Não é sua culpa, mas não olhe, ok?

Ela não disse nada.

— Por favor, princesa. Só não olhe. Você já passou por muito esta noite.

— Tudo bem — disse ela, em voz baixa.

Tirei meu celular e fones de ouvido do bolso e abri o aplicativo de música. Era o que eu deveria fazer na primeira vez que vi meu pai matar um homem, e esperava que Zell fosse mais inteligente do que eu e realmente ouvisse.

— Aqui. Ouça música e não olhe para cima, ok?

Zell pegou o telefone de mim.

— Ok.

Saí da van e bati a porta. Pegando a arma da minha cintura, a puxei e apontei para Enrique.

— Agora, você sabe o que acontece quando fode com um Russo.

Ambos os rapazes ergueram os braços.

— Frankie, vamos lá — implorou Enrique. — Não faça isso.

— Eu tenho que fazer isso.

— Não, cara, você não tem — ele argumentou.

— Fique de joelhos, porra — mandei.

Ambos os caras se ajoelharam, embora eu estivesse falando com Enrique.

— Por favor — ele implorou. — Juro que isso nunca vai acontecer de novo.

— Você está certo, porra, isso não vai acontecer de novo. — Mirei em sua cabeça e apertei o gatilho, não hesitando mais. Eu tive que fazer isso, e não por causa de meu pai, mas por causa de Zell. Ninguém iria tocá-la e se safar enquanto eu estivesse envolvido. Eu era um Russo e ninguém fode com um Russo.

Pareceu uma eternidade antes do corpo sem vida de Enrique cair e eu me virar para Warren.

— Eu não toquei nela — ele implorou.

Abaixei a arma.

— Eu sei. Jogue o corpo dele na baía e dê o fora daqui. Se eu ver seu rosto de novo, não hesitarei em matá-lo também. — Eu sentia que não precisava me preocupar com Warren. Eu estava poupando a vida dele e, honestamente, se ele voltasse para o meu pai, não faria diferença. Eu nunca veria Frank Russo novamente.

Eu me virei e voltei para a van. Podia ouvir a música tocando nos fones de ouvido, mas a mão de Zell estava cobrindo sua boca, e eu sabia que ela tinha escutado como eu quando tinha oito anos.

— Eu disse para você não olhar.

— Eu ouvi um estalo alto antes de escolher uma música, e isso me fez olhar.

Pelo menos ela não me viu matar um homem.

— Não tenha medo de mim. Eu não vou te matar também.

— Eu sei.

— Sabe? — insisti. — Você parece assustada.

— Você vai me levar de volta?

— Claro que não.

— Então o que vamos fazer?

Olhei pelo para-brisa para ver que Warren estava jogando o corpo de Enrique na água, como eu instruí.

— Nós vamos sair da cidade.

— Pra onde a gente vai?

Peguei o celular e encontrei o endereço da propriedade em Catskills. Era arriscado ir para um lugar que pertencia a meu pai, mas ficava a várias horas de distância, e ele não sabia que eu conhecia. Esperava que pudéssemos dormir algumas horas antes de continuarmos.

— Com sorte, longe o suficiente pelo resto da noite.

CAPÍTULO 18

ZELL

Eu acordei quando a van parou. Não tinha percebido que tinha adormecido. Quando Frankie começou a sair da cidade, fechei os olhos, tentando bloquear o que acontecera na parte de trás da van apenas algumas horas antes.

— Onde estamos? — Olhei em volta, vendo uma pequena casa iluminada pelos faróis da van.

— Na cabana do meu pai.

Eu suspirei surpresa.

— Isso é seguro? Ele não pode nos encontrar?

Frankie desligou o motor.

— Eu desliguei o telefone, então ele não pode nos rastrear, e ele não sabe que eu conheço este lugar.

— Sério?

— Eu nunca o ouvi falar sobre isso antes.

— Então como você o encontrou?

— Porque eu sou mais inteligente que meu pai.

Eu esperava que isso fosse verdade. Não conhecia o Sr. Russo, mas sentia que Frankie saberia o que fazer para tudo desaparecer. Eu não estava com medo dele, embora quase o tenha visto matar um cara. Se fosse outra pessoa que não o homem que me forçou a fazer sexo com ele, então talvez eu me sentisse diferente. Na verdade, gostei *mais* de Frankie por causa do que ele fez por mim.

Ele era meu príncipe vindo para me resgatar.

— Fique aqui enquanto tento entrar — afirmou.

— Ok.

Observei Frankie caminhar até a porta da frente depois de sair da van e tentar girar a maçaneta como se ela fosse estar destrancada. Não estava. Ele olhou pela janela ao lado da porta e me perguntei qual era o plano. Ele sempre falava sobre um plano antes de me tirar de casa e, com tudo o que tinha acontecido, não achei que houvesse um. Eu não tinha roupas além do vestido rasgado que estava usando, nenhuma escova de dente, nada para lavar o corpo, e estava morrendo de fome.

Frankie se afastou da janela e caminhou para o meu lado da van. O ar frio entrou dentro do carro quente e arrepiou minha pele quando ele abriu a porta.

— Está trancado, mas eu vou derrubar a porta.

— Você consegue fazer isso? — questionei.

Ele esboçou um sorriso.

— Nós vamos descobrir. Prefiro não quebrar uma janela por causa do frio que está fazendo. Não quero nos ver congelar até a morte.

— Eu também não.

Frankie pegou minha mão e me ajudou a sair da van. Eu nunca tinha invadido um lugar antes, mas achei quase cômico que eu estava terminando minha noite invadindo uma casa depois de escapar de uma, embora a situação toda *não* fosse engraçada e eu ainda estivesse abalada com tudo.

Subimos os dois degraus e chegamos à varanda de madeira. Assim que os faróis se apagaram, ouvi um estrondo e, embora não pudesse ver, sabia que Frankie havia chutado a porta.

E não estávamos mais sozinhos.

Uma luz se acendeu e uma mulher com longos cabelos loiros como o meu estendeu uma faca. Comecei a tremer.

— Quem é você? O que você quer?

Frankie e eu erguemos as mãos e Frankie disse:

— Ei. Quem diabos é você?

— Eu perguntei primeiro. — Ela fervia.

— Eu sou Frankie Russo. Quem é você?

Ela abaixou a faca lentamente.

— Frankie?

— Sim. Quem é você? — ele perguntou novamente.

— Eu...— Seu olhar se moveu para mim. — Você é a Zell?

Eu concordei.

— Que porra? — Frankie respirou fundo. — Como você sabe quem nós somos?

— Eu... eu não acho que devo dizer.

— Olha, senhora. Tivemos uma longa noite, e você sabe claramente quem somos, então nos diga, porra. — Frankie puxou sua arma.

— Seu pai sabe que você está aqui? — Estremeci quando uma rajada de vento soprou. — Oh, Zell. Vamos fechar a porta e aquecer você.

— Primeiro, diga quem é você — ordenou Frankie.

Ela olhou para mim e sorriu levemente.

— Eu sou sua mãe.

Eu pisquei.

E pisquei novamente.

O quê?

— A mãe dela? — Frankie repetiu.

— Vamos fechar a porta e aquecer a todos, e então direi o que sei.

Olhei para Frankie para ver se ele estava bem com isso. Eu não tinha certeza do que pensar. Madame era minha mãe e agora essa mulher estava nos contando algo diferente.

— Você está bem? — Frankie perguntou, abaixando a arma e colocando as mãos nos meus ombros, olhando diretamente nos meus olhos.

Dei de ombros, porque não tinha certeza.

A moça encostou a porta, nos fechando na casa acolhedora. Percebi que a porta não ficou fechada até que ela colocou uma cadeira na frente dela.

— Eu sei que é muito para absorver. Sempre me perguntei se esse dia chegaria.

— O que você quer dizer? — Frankie perguntou, olhando para ela, mas não tirando as mãos dos meus ombros.

— Pensei em você por mais de dezoito anos — disse ela com olhos bondosos.

— Você realmente é a mãe dela? — Frankie questionou.

— Sim.

— Prove — ordenou Frankie.

— É uma longa história. Quer dormir um pouco primeiro? — Seu olhar encontrou o meu. Eu estava exausta, mas não pensei que seria capaz de adormecer.

Frankie agarrou minha mão. Eu não tinha certeza se era para me confortar ou o quê, mas gostei. Minha cabeça ainda estava girando.

— Zell pode dormir, mas precisamos sair ao amanhecer.

— Porque seu pai está procurando por você? — a senhora perguntou.

— O que você sabe sobre meu pai?

— Eu sei muito. Por que você está fugindo dele?

Frankie soltou um suspiro.

— Porque esta noite foi um show de merda. Espero que ele não saiba onde estamos, mas se ele souber, talvez a gente tenha uma hora de vantagem.

— Isso não te dá muito tempo.

— Estou apostando que ele não saiba que eu conheço este lugar. Não temos outro lugar para ir.

— Pelo que eu entendi, ninguém conhece este lugar — ela disse. — Bem, exceto pelo motorista dele e alguns guardas alguns anos atrás.

— Qual o seu nome? — perguntei, me intrometendo na conversa deles.

Ela agarrou minha mão livre, esfregando as costas dela em um gesto doce, e sorriu calorosamente.

— Jacqueline, mas você pode me chamar de Jackie.

Eu assenti.

— Posso tomar um banho?

— Sim, claro. Deixe-me pegar uma toalha limpa. — Ela foi para o que eu presumi ser o banheiro.

— Você quer que eu entre com você? — Frankie perguntou.

Eu neguei com a cabeça.

— Não. Vou ser rápida. Só preciso lavar tudo.

— Ok. — Ele beijou minha testa. — Tudo vai ficar bem. Eu prometo.

— Podemos confiar nela? — perguntei.

— Eu espero que sim, ou meu pai estará aqui mais cedo do que pensamos.

— Estou com medo — admiti.

Ele me envolveu em seus braços.

— Eu vou te proteger, princesa. Vá tomar um banho e eu vou descobrir mais coisas.

Jackie voltou para a sala.

Kimberly Knight

— Eu abri a água para você. Demora alguns minutos para esquentar.

— Obrigada.

— Você também precisa de algo para vestir? — perguntou, olhando para o meu vestido rasgado.

— Ah, sim, por favor.

Ela sorriu.

— Vou pegar algo para você.

— Obrigada — repeti, e entrei no banheiro.

Fiquei com medo de me olhar no espelho, por conta do que veria. Meu rosto estava machucado e eu sabia que havia um corte no meu lábio inferior, porque podia sentir o gosto de cobre do sangue quando o lambia, então evitei o espelho. Eu não tinha calcinha, pois o homem que me forçou a fazer sexo a rasgou, então simplesmente tirei o vestido esfarrapado e entrei na banheira sob o jato quente.

Esta noite foi definitivamente um show de merda, como Frankie havia dito.

Um conjunto de pijamas estava no vaso sanitário quando saí do chuveiro. Frankie os trouxe e me verificou antes de voltar para a sala. Enquanto me vestia, pude ouvi-los conversando do outro lado da porta.

— Eu não posso acreditar que ela tentou fugir — afirmou Jackie.

— Eu sei, mas de alguma forma, e não necessariamente com melhor resultado, os homens de meu pai a pegaram.

— Por que não o melhor resultado?

Frankie fez uma pausa.

— Um dos homens achou que ela era uma das prostitutas e se aproveitou dela.

Jackie respirou fundo.

— Ele a estuprou?

— Sim, e pagou por seu erro.

— Isso explica sua aparência.

— Sim.

Abri a porta do banheiro e eles pararam de falar.

Jackie se levantou da pequena mesa redonda onde estavam sentados.

— Eu fiz um sanduíche para você. É o alimento mais rápido que pude preparar.

— Obrigada. — Me sentei à mesa.

— Como eu estava dizendo — Frankie disse. — Acabamos de sair. Tínhamos que sair.

— Eu entendo. Eu também teria.

— Então por que não sai? — ele questionou.

Ela respirou fundo.

— Não é tão fácil.

— Parece muito fácil para mim — afirmou Frankie. — Você não tem guardas aqui, e não parece que está acorrentada.

— Pode ser o caso, mas nem sempre foi assim. Seu pai colocou homens me vigiando por anos.

— O que mudou? — ele perguntou.

Jackie respirou fundo novamente.

— Eu me apaixonei por ele.

— Claro que você se apaixonou. — Frankie riu e revirou os olhos.

— Eu não queria que isso acontecesse.

— Como isso aconteceu? — questionei.

— Acho que devo começar do início. — Nós acenamos para ela continuar. — É uma história trágica, mas você tem o direito de saber, já que provavelmente não sabe.

Eu neguei com a cabeça.

— Eu não sei nada sobre você. — Fiz uma careta, esperando que não fosse rude.

— Certo. Bem, eu *sou* sua mãe. Quando estava grávida de oito meses de você, seu pai e eu saímos para comer uma sobremesa. Ele trabalhava para Frank, mas eu não sabia disso na época. Aparentemente, Russell estava cobrando mais pelo que estava vendendo e embolsando o dinheiro extra.

— Que merda. — Frankie suspirou. — Isso não é bom.

Meu olhar se moveu para o dele e eu engoli um pedaço do sanduíche de peru.

— Não, não foi. Frank nos encontrou e... bem, ele matou Russell na minha frente.

Meus olhos azuis se arregalaram.

— Ele ... Ele matou meu pai?

Ela assentiu com tristeza em seus olhos.

— Matou.

— E sequestrou você? — Frankie perguntou.

— Sim. Essa foi minha última noite de liberdade. Ele me levou para a cobertura, e eu fiquei lá até dar à luz. Então ele me trouxe pra cá, e estou aqui desde então.

— Mas como você se apaixonou por ele? — questionei. Eu não sabia o que era se apaixonar por alguém, mas nunca pensei que poderia me sentir assim por alguém que matou meu marido, roubou meu bebê e me manteve como refém.

— Não tenho certeza. — Ela encolheu os ombros. — Simplesmente aconteceu. Depois que ele começou a confiar que eu não iria embora. Porque, vamos ser honestos, eu tentei, mas não há lugar nenhum em quilômetros. Senti como se ele se importasse comigo e eu não tivesse mais ninguém.

— Então deixe-me ver se entendi — começou Frankie, com a boca cheia. — Ele matou seu marido, fez você desistir de seu bebê e a levou para uma cabana remota onde você morou pelos últimos dezoito anos, e você se apaixonou por ele?

Frankie estava mais focado no papel que seu pai desempenhava na vida de Jackie, mas eu ainda estava presa ao fato de que ela era minha mãe. Enquanto ela falava, eu a encarei. Éramos parecidas. Tínhamos a mesma cor de cabelo e o mesmo nariz.

Jackie encolheu os ombros novamente.

— Quando a única pessoa que você viu ou conversou por quinze anos te dá amor e afeto, você está fadado a se apaixonar.

CAPÍTULO 19

FRANKIE

Eu sabia que meu pai era um homem horrível, mas não percebi que ele estava mantendo uma mulher como refém, e aparentemente a mãe biológica de Zell. Será que ele começou a pensar sobre como eu tinha escolhido Zell naquela noite e voltei para buscar mais enquanto ele estava transando com sua mãe verdadeira? E qual era o papel da Madame nisso? Por que ela concordaria em criar um bebê que não era dela? Zell era mantida em cativeiro por Saffron e sem permissão para viver uma infância normal. Tudo fazia sentido agora. Ela nunca quis que ninguém descobrisse. Alguém mais sabia? Minha mãe sabia?

Depois que Zell e eu terminamos nossos sanduíches, Jackie a deixou dormir em sua cama. Estava quase amanhecendo e eu queria continuar dirigindo, mas sabia que Zell estava cansada. Eu também estava exausto. Não sabia para onde iríamos, mas tinha algumas centenas de dólares comigo para nos ajudar a sobreviver por alguns dias. Eu nunca poderia usar meu celular novamente. Sabia como rastrear o telefone do meu pai, e ele poderia facilmente rastrear o meu se eu o ligasse novamente. Do contrário, ele arranjaria alguém para ajudá-lo.

— Há um ponto na estrada onde você pode esconder a van atrás de algumas árvores. Se ouvirmos um carro chegando, você e Zell podem escapar e correr para a floresta até que você volte para sua van. Assim, ela pode dormir mais, e você também pode descansar um pouco — sugeriu Jackie.

Kimberly Knight

Isso soou como uma ideia sólida. Eu não confiava totalmente nela, mas não via nenhuma maneira de ela entrar em contato com meu pai, e até cheguei o quarto quando Zell foi dormir. Eu tinha que ser inteligente, pois ela disse que estava apaixonada por ele e eu não sabia de que lado ela estava.

— Tudo bem. Nós realmente precisamos sair logo.

— Para onde vocês vão?

Eu encolhi os ombros na cadeira em que estava sentado.

— Não tenho certeza ainda.

— Você tem dinheiro para ficar fugindo? — perguntou, do sofá de dois lugares na minha frente.

— Eu tenho um pouco. — Eu tinha mais no banco, mas sabia que isso poderia ser rastreado. Se eu soubesse que esta noite iria acontecer tudo isso, teria ido ao banco esta manhã e retirado cada centavo que tinha.

Ficamos em silêncio por vários minutos até que ela falou novamente.

— Nos primeiros anos, pensei em vários planos sobre como escapar e ter minha filha de volta.

— Por que você não fez isso?

Jackie olhou para a parede ao meu lado, sem encontrar meu olhar.

— Porque seu pai sabia o que estava fazendo ao me trazer aqui. Eu nem sei a que distância fica a estrada principal.

— Você já tentou caminhar até lá? — questionei. Era um longo caminho, mas se eu quisesse escapar de alguém, andaria por horas até encontrar ajuda.

— Quando ele parou de colocar homens para me vigiar, eu já dependia dele. Pensei em fugir, mas não tinha certeza se conseguiria sobreviver por conta própria. Não tinha dinheiro, ficaria sem comida em poucos dias porque não havia muito que eu pudesse carregar e, honestamente, eu não tinha mais ninguém. Meu marido estava morto, minha filha foi dada a outra pessoa e seu pai parecia realmente se importar comigo. Começou a se tornar a única vida que eu conhecia. Tudo aconteceu por uma razão, e nós fomos feitos um para o outro.

— E agora? — questionei.

Ela jogou a cabeça ligeiramente para trás.

— O que você quer dizer com agora?

Apontei com a mão na direção de onde Zell estava dormindo.

— Sua filha está no quarto ao lado, e nós temos uma van. Você quer vir conosco?

Jackie inclinou a cabeça para o lado.

— Eu ... e se ele nos encontrar?

— Então. — Dei de ombros. — Ele provavelmente vai matar Zell para me punir. — Meu pai queria ter a vantagem. Se ele nos encontrasse, não acho que mataria seu próprio filho, embora eu o tivesse traído. Ele mataria a única pessoa com quem me importava para me fazer sofrer.

Foi nesse momento que vi algo se cruzar em seu rosto.

— O quê? — perguntei.

Jackie piscou e balançou a cabeça, tentando clareá-la.

— É só que não pensei que esse momento fosse acontecer. Eu amo minha filha desde o segundo que descobri que estava grávida, e agora a ideia de Frank tirando a vida de outra pessoa que eu amo...— Ela fez uma pausa. — Isso muda tudo.

— Bem, venha conosco. Podemos ir para a Califórnia. Ao longo do caminho, podemos conseguir empregos em paradas de caminhões ou algo assim por algumas semanas até que tenhamos o suficiente para continuar — sugeri.

— Você acha que isso vai funcionar?

— Eu não tenho nenhum outro plano.

Ficamos em silêncio novamente por vários minutos até que ela perguntou:

— Você ama Zell?

Eu me encolhi, não esperando essa pergunta. Eu me importava profundamente com Zell e faria qualquer coisa por ela — claramente — mas não sabia se isso era amor.

— É meio difícil saber o que é amor quando você nunca o teve na vida antes.

— Você nunca se apaixonou? — Neguei com a cabeça. — Sua mãe tem que te amar, certo?

Dei de ombros.

— Sinceramente, não sei. Não me lembro de alguma vez ter recebido abraços ou beijos de nenhum dos meus pais. Fui criado por nossa governanta, Maggie, e minha mãe foi embora há cerca de um mês sem se despedir.

— Ela foi?

Eu concordei.

— Nosso porteiro disse a meu pai que ela entrou sozinha em um táxi e foi a última vez que ela foi vista em nosso prédio.

— Uau. Moça forte.

— Sim, mas ela poderia ter me contado.

Jackie soltou um suspiro.

Kimberly Knight

— No começo eu era forte. Pelo menos, pensei que era. Sempre desejei que um sinal ou algo acontecesse para eu sair daqui, mas então as semanas se transformaram em meses e depois em anos, e comecei a depender de seu pai para sobreviver. Eu respeito sua mãe por fugir.

— Você pode sair. Você não tem guardas — eu a lembrei.

— Não é tão fácil. — Argumentou Jackie.

— Por que não?

— Para onde eu iria? Não tenho dinheiro.

— Eu não sei, mas deve haver algo que os federais fariam por você se fosse até eles e dissesse que estava sendo mantida em cativeiro por dezoito anos.

— Honestamente, estou com medo de sair.

— Se você não quiser ir conosco, saiba que o caminho em frente leva à estrada principal. É longa, não tenho certeza do quanto, mas é possível.

A porta do quarto se abriu e Zell saiu. Ela forçou um sorriso.

— Eu não consigo dormir.

Estendi o braço para que ela viesse até mim e a girei para que ficasse sentada no meu colo. Ela puxou seu longo cabelo loiro sobre o ombro para tirá-lo do caminho, e Jackie sorriu como se soubesse um segredo. Talvez ela pudesse ver que eu me importava muito com sua filha. Talvez fosse amor.

— Sobre o que vocês estavam falando? — perguntou Zell.

— Minha mãe — respondi. Eu não ia mencionar a palavra com A.

— Ela ainda está desaparecida?

— Não tenho certeza se podemos chamar assim, já que ela saiu sozinha.

— Para onde você acha que ela foi? — Jackie perguntou.

Levantei um ombro.

— Eu, honestamente, não tenho ideia. Ela não tem amigos que eu conheça.

— Seu pai a manteve cativa também?

Comecei a balançar a cabeça para responder não, mas então parei. Ela também foi mantida em cativeiro? Minha mãe estava sempre no apartamento, não importava a hora do dia que eu entrasse ou saísse. Havia ocasiões em que ela saía para jantar conosco ou para meus jogos de beisebol quando eu era criança, mas meu pai sempre estava lá. Presumi que eram eles sendo pais. Eu estava cego para tudo minha vida inteira?

— Quer saber, eu não sei.

— Ele nunca mencionou sua mãe quando me visitava, mas tinha que confiar nela o suficiente para sair — disse Jackie.

— Talvez por causa do dinheiro. Tudo se resume a dinheiro, e ele provavelmente não deu nada a ela.

— Ele parece um homem horrível — afirmou Zell, colocando a cabeça no meu ombro.

— O pior — concordei.

— Se você for embora — Jackie falou —, quem vai impedi-lo?

— O que você quer dizer? — perguntei.

— Ele ainda vai vender mulheres e ainda virá me ver.

— A menos que você venha conosco.

— Eu não acho que quero descobrir o que ele faria conosco se nos encontrasse — ela argumentou.

— Então, você está dizendo que precisamos detê-lo? — questionei.

Jackie assentiu.

— Eu acho que essa é a única maneira de todos nós ficarmos livres dele.

— E o que vamos fazer?

— Não sei — respondeu ela.

— A única coisa em que pensei foi queimar o armazém.

— E as garotas lá dentro? — perguntou Zell.

Pensei por um momento.

— Elas serão transferidas para o clube do meu pai para o leilão.

— Quando vai ser o leilão? — Jackie perguntou.

— Hoje mais tarde.

— Então você precisa fazer isso hoje.

Hesitei.

— Você acha que devemos voltar hoje?

— Você sabe quando são os outros leilões? — rebateu.

— Pelo menos uma vez por mês.

— Mas não sabe que dia?

— Não. — Balancei a cabeça.

— Então precisa ser hoje.

— O que vai acontecer com as mulheres quando você queimar o armazém? — perguntou Zell.

— Bem, elas ainda serão vendidas, mas pelo menos ele não terá um lugar para colocar as novas por um tempo. — Com a minha sorte, meu pai tinha outro lugar para guardar as mulheres, e queimar o armazém não adiantaria muito. No mínimo, seria apenas temporário. Eu sabia disso.

— Temos que salvá-las — argumentou Zell.

— E como você sugere que façamos isso? — questionei.

Ela encolheu os ombros.

— Não sei.

— Elas são transportadas por uma van ou caminhão, certo? — Jackie perguntou. — Algo que pode conter todas elas?

Eu concordei.

— E se você parar o caminhão?

Eu ri.

— Como diabos eu faço isso? Não é um filme de ação.

As mulheres não tinham uma resposta, mas quanto mais eu ficava sentado lá com Zell no meu colo, mais eu sabia que tinha que tentar salvá-las agora. Jackie estava certa. Eu não sabia quando teria outro leilão, mas poderia pelo menos impedir que mais garotas fossem escolhidas por um tempo.

— E se — falei, uma ideia vindo a mim — eu ateasse o fogo e vocês duas resgatarem as meninas. Vocês podem estar no clube e sequestrar o caminhão. Você sabe dirigir, certo? — perguntei a Jackie.

— Eu sei dirigir, mas não posso ir com você — ela esclareceu.

— E por que não?

— Eu só vou atrapalhar. Não estive com a civilização por quase duas décadas. Não quero atrapalhar nada.

— Eu também não estive com a civilização — afirmou Zell. — Cinco anos atrás, eu ainda tinha permissão para alimentar os patos uma vez por semana, mas, mesmo assim, eu não tinha permissão para falar com ninguém.

— O que você quer dizer? — ela questionou.

— Aquela mulher que fingiu ser a mãe de Zell é uma pessoa horrível — eu disse. — Ela a manteve trancada na cobertura e a forçou a limpar os quartos de sexo.

— Eu não fazia ideia. — Jackie franziu a testa.

— Sim, os dois precisam ser derrotados — decretei.

— Acho que você é o único que pode — respondeu Jackie.

— E eu — disse Zell. — Eu quero ajudar.

Sorri para minha garota, correndo a mão por seu longo cabelo.

— Eu preciso de ajuda, mas seu cabelo provavelmente vai atrapalhar.

— Eu vou cortar.

Eu pisquei.

— Você quer cortar seu cabelo?

Ela encolheu os ombros.

Sim? Vai crescer de volta, certo?

— Com o tempo, sim, mas tem certeza de que quer cortar o cabelo, princesa? É uma grande mudança.

Zell acenou com a cabeça.

— Está sempre atrapalhando.

— Eu posso fazer isso — Jackie ofereceu.

— Sério? — perguntou Zell.

— Já faz um tempo desde que cortei o cabelo de alguém além do meu, mas acho que consigo fazer isso.

— Ok. — Zell sorriu.

— Eu não posso acreditar que vamos derrubar meu pai. — Suspirei.

Jackie olhou para mim.

— Sim, mas pense nos rostos das pessoas quando descobrirem que o próprio filho de Frank fez isso.

Kimberly Knight

CAPÍTULO 20

ZELL

Eu me sentia como uma nova pessoa.

Jackie cortou meu cabelo, mas não era um corte como Tifarah tinha feito nos últimos anos. Jackie tirou até os meus ombros. Ela também me deu uma calça jeans e um suéter para vestir, já que eu não tinha outras roupas.

— E então? — perguntou.

— É diferente.

— Sim. Cortar muito do cumprimento é quase uma mudança de vida. Mas você gostou?

— Eu acho que sim.

Ela sorriu para mim através do reflexo do espelho.

— Você vai se acostumar, ou pelo menos ele vai crescer com o tempo.

— Bom saber. — Eu sorri.

Estava animada para mostrar a Frankie, mas quando saímos do banheiro, ele estava dormindo no sofá pequeno. Devíamos voltar para a cidade depois que Jackie cortasse meu cabelo, porque o leilão começaria em breve, mas eu sabia que ele estava cansado.

— Devo acordá-lo? — perguntei.

— Me deixe fazer um pouco de café, ai você o acorda.

— Ok. — Eu a segui até sua cozinha.

Nunca tinha visto uma casa tão pequena antes, mas era quente e eu me senti como se finalmente pertencesse a um lugar. Era estranho porque a casa era tudo que eu conhecia, mas estar aqui parecia certo. Talvez fosse porque eu me via em Jackie e sabia que era minha mãe verdadeira. Nunca me vi em Madame e finalmente soube por quê.

— Quer comer alguma coisa? Posso fazer o café da manhã.

— Claro.

— Panquecas?

— Eu amo panquecas. — Eu sorri.

— Eu também.

Ela pegou uma caixa de um armário e começou a fazer a massa depois de ligar a cafeteira.

— Qual sua comida favorita?

Pensei por um momento, a observando misturar água e ovos na massa.

— Não tenho certeza. Como muitos sanduíches, mas não acho que sejam meus favoritos.

— Eu como muitos sanduíches também, mas apenas porque sou só eu.

— Temos um chef, mas ele cozinha apenas para a Madame.

Jackie franziu a testa.

— Eu odeio que você more naquele lugar. Achei que teria uma vida melhor morando no Upper East Side.

— Não é tão ruim assim. Quero dizer, as garotas são muito legais comigo.

— Isso é bom, mas eu realmente odeio que você tenha vivido sua vida em um bordel. Isso não é lugar para criança.

Dei de ombros.

— Eu não sabia que era um bordel até alguns anos atrás. — Enquanto ela colocava a massa em uma frigideira quente, eu perguntei: — Vai me contar sobre meu pai? — Sempre quis saber sobre ele, mas nunca perguntei à Madame porque tinha medo dela.

Jackie inclinou a cabeça ligeiramente para trás.

— Oh, um… claro. — Ela despejou mais massa na frigideira. — Ele era um bom homem. Obviamente, se envolveu com Frank e suas drogas, mas Russ sempre foi bom para mim. Nós nos conhecemos em uma festa de 4 de julho, nos casamos seis meses depois e, em seguida, engravidei dentro de um ano. Ele queria sustentar a família e pensei que ele trabalhasse para uma empresa de alimentos fazendo entregas, mas em vez disso,

Kimberly Knight

ele estava vendendo drogas para Frank e embolsando o dinheiro. Acho que ele não percebeu como Frank era perigoso, porque Russ sempre quis ver o lado bom das pessoas. Isso era o que eu amava nele. Quando descobrimos que nossa pequena família estava crescendo, ele só queria ter certeza de que nós duas tínhamos tudo de que precisávamos. Na noite em que Frank o matou, Russ estava apenas tentando me fazer feliz. Eu estava com desejo de pudim de banana e ele faria qualquer coisa por mim, até mesmo sair na neve com sua esposa grávida de oito meses para que ela pudesse comer pudim e fazer exercício.

— Sinto muito que o Sr. Russo o matou — eu disse, como se fosse minha culpa.

Jackie suspirou e virou uma panqueca.

— Eu também. Fiquei zangada por muitos anos com tudo, mas também acho que era para eu estar lá.

— Por quê? — questionei.

— Não consigo imaginar a culpa que teria sentido por todos esses anos se ele tivesse saído para comprar pudim sozinho e nunca tivesse voltado para casa.

— Mas foi o Sr. Russo que o matou — argumentei.

— Sim, mas Frank o matou porque seu pai estava roubando dele. Eu nunca teria sabido disso e tenho certeza de que não saberia de nada até hoje. — Eu podia ver seu ponto de vista. — Claro, por outro lado, você não teria sido tirada de mim e vivido em um bordel com aquela vadia por toda a sua vida.

— Realmente não tem sido tão ruim — assumi. — Até ...

— Até você fugir e ser estuprada?

Eu concordei.

— Mas isso foi culpa minha...

— Besteira! — ela explodiu, e então baixou a voz. — Nenhuma mulher merece ser violada assim.

— O Sr. Russo estuprou você, certo? — questionei. — Antes de você se apaixonar por ele.

Jackie tirou as panquecas da frigideira e as colocou em um prato. Ela suspirou.

— Sim, no começo. Agora eu sinto falta dele quando ele não está aqui.

— Por quê?

Ela pegou a calda e a manteiga e me entregou o prato de panquecas.

— É difícil de explicar. Ele é a única pessoa que eu vi e com quem tive contato físico em quinze anos.

— Ainda não é uma vida que qualquer pessoa devia viver — disse Frankie, se sentando. — E eu vou mudar isso, porra.

— O quê? — eu perguntei, enquanto Frankie dirigia pela estrada de terra por onde havíamos entrado.

Tínhamos acabado de deixar Jackie, prometendo a ela que voltaríamos assim que tudo estivesse resolvido. Não sabíamos quanto tempo demoraria, mas esperava fosse logo, porque queria conhecê-la melhor. Eu queria que nós duas estivéssemos livres para viver nossas vidas.

— Você parece mais velha — afirmou.

— Mais velha?

— Quero dizer, com o seu corte de cabelo. Você parece estar na casa dos vinte anos ou algo assim.

— Isso é ruim?

Ele negou com cabeça.

— Não, de jeito nenhum. Só preciso me acostumar com isso.

— Eu também.

Ele estendeu a mão para o meu assento e apertou meu joelho.

— Como é conhecer sua mãe verdadeira?

Soltei um longo suspiro.

— Parece que tudo faz sentido agora.

— Você quer dizer sobre a Madame?

Eu concordei.

— Mesmo que eu tenha dito que ela era minha mãe, ela nunca agiu como uma. E nosso cabelo e cor de olhos são completamente opostos.

— Sim. Quer dizer, eu não sei como tudo funciona com a genética, mas você não se parece em nada com a Madame.

— Você acha que eu me pareço com a Jackie?

— Inferno, sim, vocês duas são muito parecidas.

Kimberly Knight

— Eu me pergunto como meu pai era — eu disse.

Frankie pensou por um momento.

—Talvez, quando tudo isso acabar, possamos encontrar sua família verdadeira.

— Como quem?

— Seus avós? Vamos levar Jackie de volta para a família dela, que é a sua família também, e talvez alguém tenha uma foto do seu pai.

— Eu gostaria disso. — Sorri.

— Primeiro, precisamos cuidar do meu pai.

— Você acha que esse plano vai funcionar?

Ele encolheu os ombros.

— Espero que sim.

— E se ele simplesmente começar a colocar as meninas em outro lugar?

— Eu não sei. — Frankie suspirou. — Com sorte, com o incêndio, haverá algum tipo de investigação, e talvez eles descubram quem meu pai realmente é.

— Você não disse que ele tem policiais na folha de pagamento? — questionei.

— Sim, mas eu não acho todos os policiais de Nova York estejam nela.

Pensei por um momento.

— E quanto às minhas amigas? Precisamos salvá-las também.

— Eu sei, mas podemos pensar em um plano para isso mais tarde. Agora, precisamos que meu pai esteja fora do jogo. Assim, ele não vai perceber o que o atingiu.

— Ele não vai simplesmente começar de novo?

— Pode ser.

— E se ele vier atrás de você por fazer isso com ele? — perguntei.

— Com sorte, nós estaremos muito longe. Depois de resgatar as meninas, vou retirar todo o dinheiro da minha conta bancária.

— Isso tudo me deixa nervosa — admiti.

— Eu também, mas o pior que vai acontecer é que não vamos conseguir resgatar as meninas. Ainda vou colocar fogo no armazém e queimar aquele lugar até o chão.

— Mas eu quero salvar minhas amigas — argumentei. — Elas ajudaram a me criar e eu as amo.

— Eu sei que você quer, e quero fazer isso também, mas precisamos pensar em nós mesmos primeiro.

— Então por que fazer isso?

— Porque eu quero tentar. Sei o que é certo e o que é errado, e o que meu pai faz é errado. Ele precisa ser parado.

Pensei por um momento e finalmente respondi:

— Tudo bem. — Eu confiava em Frankie e não tinha ideia se o que íamos fazer funcionaria. Eu esperava que sim, e todos seriam libertados do Sr. Russo e da Madame.

Frankie continuou a dirigir e eu olhava para as árvores e montanhas cobertas de neve que nunca tinha visto antes. Era tão diferente do que eu podia ver pela janela do meu quarto *na casa*.

Bocejei e Frankie disse:

— Você pode dormir um pouco, se quiser. Vou acordá-la quando chegarmos aos limites da cidade.

— Mas aí eu vou perder tudo isso. — Acenei com a mão.

— Vou me certificar de que você veja isso e muito mais um dia.

— Promete?

Ele esticou o dedo mindinho.

— Prometo.

CAPÍTULO 21

Uma hora depois que Frankie e Zell deixaram a cabana, Jackie recebeu outra visita. Esta veio à luz do dia, mas ainda assim foi inesperada e provou que não era apenas Frank Russo e alguns de seus homens que sabiam da cabana.

Quinn Russo sabia sobre o local desde que começou a namorar Frank no colégio. Num fim de semana durante seu último ano, Frank e Dominic levaram suas namoradas para lá. Depois dessa viagem, o homem nunca mais falou sobre a cabana com Quinn. Ela não entendia por que, mas não era como se quisesse voltar. Ficar presa em uma cabana com nada além de livros e um fogão a lenha para se aquecer não era divertido para ela. Quinn cresceu no luxo e também se casou com ele.

Mal sabia ela que viver uma vida de luxo teria um preço.

Ela se casou com um criminoso. E a vida ficou ainda pior depois que Dominic foi assassinado. Frank temia que sua família pudesse estar em apuros também e ordenou que Quinn não saísse sem Frank ou um de seus homens para protegê-la. Ela se sentia como uma das garotas de Dominic na cobertura.

Sim, Quinn sabia tudo sobre a cobertura. Ela também sabia sobre o bebê que Frank deu a Saffron.

Quinn estava cuidando de seu filho recém-nascido uma noite quando Frank recebeu uma ligação de Saffron. Ele saiu da sala, mas Quinn ouviu seu lado da conversa.

— Sim? Ela está? Tem certeza? Há quanto tempo ela está em trabalho de parto? Você ligou para o Dr. Spalding? Tudo bem, já vou. — Frank voltou para a sala. — Eu tenho que ir.

— A esta hora? — Quinn perguntou.

— Você sabe como meu negócio funciona.

— Seu negócio são bebês agora? — Quinn sabia que não devia questionar seu marido, mas a pergunta saiu de sua boca antes que pudesse detê-la.

— É um bebê para Saffron.

— Um bebê para Saffron?

— Você sabe que ela quer um há anos, e desde Dominic… estou fazendo isso por ela.

— É de adoção?

Frank desviou o olhar de Quinn, e ela sabia que suas próximas palavras seriam uma mentira.

— Sim. Encontrei uma jovem mãe que não queria o filho. Preciso ir.

Poucos dias depois, Quinn tomou uma decisão de última hora. Depois de uma consulta médica para seu filho, ela instruiu seu motorista/guarda para levá-la para a cobertura. Não era incomum para Quinn ir até lá. Saffron tinha sido sua melhor amiga uma vez, mas, desde a morte de Dominic e o nascimento do filho de Quinn, as duas passaram cada vez menos tempo juntas. Tão pouco tempo, que Quinn não sabia nada sobre Saffron estar adotando um bebê.

Kimberly Knight

Quando o carro de Quinn parou em um semáforo a um quarteirão da cobertura, ela viu Frank entrando em seu próprio carro. Ele não estava sozinho. Uma jovem loira entrou no carro primeiro, mas parecia estar sendo obrigada, porque Frank agarrou o braço da pobre garota e quase a empurrou para dentro.

Essa era a mãe do bebê? *Quinn pensou consigo mesma. Ela deu à luz na cobertura? Só havia uma maneira de Quinn descobrir.*

O sinal ficou verde quando o carro de Frank se afastou do meio-fio e o motorista de Quinn parou no local.

— Não vou demorar. Quero que Saffron conheça Frankie.

— Sim, senhora — disse o motorista.

Depois que Quinn conseguiu sair do carro com o pequeno garoto, ela foi até a campainha da cobertura. Apertou o botão e, um momento depois, o homem que Quinn conhecia como Scott respondeu:

— Número de membro?

Quinn sabia o que realmente acontecia na cobertura, mas isso não era problema dela. Se uma mulher queria vender seu corpo por dinheiro, isso era escolha delas. Quinn não sabia na época que as mulheres não estavam vendendo seus corpos por vontade própria, mas ela aprenderia um dia.

— Eu sou Quinn Russo. Estou aqui para ver Saffron.

— Sim, senhora — respondeu Scott, e então ela ouviu o elevador descer.

Com Frankie em seu bebê conforto, Quinn pegou o elevador até o trigésimo terceiro andar. A porta se abriu e Scott fez sinal para que ela entrasse.

— A Sra. Russo está em seu quarto. — Desde a morte de Dominic, Saffron se mudou para a cobertura e fora da casa que possuía, mas ela não a vendeu.

— Obrigada, Scott.

— Você precisa que eu ajude a carregar o bebê?

Quinn sorriu calorosamente.

— Não, eu consigo.

Scott inclinou a cabeça e então Quinn subiu dois lances de escada até onde ficava os aposentos de Saffron. Quinn a encontrou em sua sala de estar, com um bebê recém-nascido em um berço ao lado de sua cadeira.

— Você acredita que temos bebês ao mesmo tempo? — Saffron perguntou.

— Eu realmente não consigo acreditar — Quinn respondeu e colocou o bebê conforto no chão, sentando na pequena poltrona ao lado da outra mulher. — Eu nem sabia que Frank estava trabalhando nisso para você.

— Com certeza foi uma surpresa, mas ela não é linda?

Quinn se levantou e foi até o berço, olhando para dentro e esfregando a bochecha macia da bebê.

— *Ela é. Que nome você escolheu?*

— *Zell.*

— *Zell?* — *Quinn ergueu uma sobrancelha.* — *Por que Zell?*

— *Sua mãe biológica tinha longos cabelos loiros como aquele conto de fadas, e o nome simplesmente surgiu em minha mente.*

Zell Dominique Devereaux.

Além da certidão de nascimento falsificada, obviamente não havia outra documentação legal para mostrar que Zell era de Saffron. Mas nada que os Russos faziam era legal.

— *Acho que acabei de vê-la sair com Frank.*

— *Sim, ele está levando-a para a cabana.*

Quinn inclinou a cabeça ligeiramente para trás em surpresa.

— *A cabana em Catskills?*

— *Sim.*

— *Por quê?*

Saffron encolheu os ombros.

— *É melhor do que trabalhar aqui. Além disso, eu não queria que ela tentasse pegar... quero dizer, mudasse de ideia sobre me dar o bebê.*

Do mês seguinte em diante, Frank saía da cidade a negócios todas as semanas, mas o instinto de Quinn estava dizendo a ela que o homem estava na cabana. Então, ela pegou o celular e discou o número do marido.

Foi direto para a caixa de mensagens.

Pelos próximos dezoito anos, Quinn pensou sobre a garota com longos cabelos loiros, especialmente quando Frank precisava fazer viagens de negócios. Quinn sabia que Frank ia vê-la.

Quinn não só perdeu o contato com Saffron, como fez vista grossa para tudo. Tudo aconteceu depois que Frank a empurrou uma noite quando ela questionou seu paradeiro, e Quinn machucou suas costas. O médico de Frank, que estava em sua folha de pagamento, disse a ele que os analgésicos ajudariam. Desde aquela noite, Quinn passou a tomar esses remédios para ajudar com a dor que nunca passava.

Kimberly Knight

Até que Frank levou o filho para a cobertura em seu aniversário de dezoito anos.

Quinn não queria que seu doce menino ficasse com uma prostituta. Ela não queria que seu filho seguisse os passos do pai, mas, naquele momento, sabia que era apenas uma questão de tempo. Frankie já estava vendendo drogas e não havia nada que ela pudesse fazer a respeito. Não podia sentar e assistir seu filho se tornar um criminoso como o pai. Então, ela foi embora.

Depois de fazer as malas em segredo e pegar várias pilhas de dinheiro que Frank guardava no cofre de sua casa, ela saiu de táxi. Não era típico de Quinn sair sem seu motorista. O problema era que Quinn não sabia para onde estava indo. Ela não tinha amigos, não via sua família há muito tempo e não saía da cidade de Nova York havia mais de dezoito anos.

— *Para onde?* — *perguntou o taxista.*

— *Apenas para o hotel mais próximo.* — *Quinn não podia voltar atrás. Ela precisava fazer isso por si mesma. Precisava e queria viver sua própria vida.*

O taxista olhou para ela pelo retrovisor como se ela fosse louca.

— *O hotel mais próximo?*

— *Sim* — *Quinn confirmou.* — *Só isso está bom.*

O motorista do táxi balançou a cabeça, surpreso, dirigindo para longe do meio-fio, apenas para virar a esquina e parar.

— *Chegamos.*

Quinn piscou.

— *Aqui?*

— *Este é o mais próximo* — *afirmou o motorista.*

Quinn não poderia ficar tão perto de casa enquanto estava fugindo, não é? Mas talvez Frank não pensasse em procurá-la a apenas um quarteirão de distância, porque quem seria tão louco de ficar a poucos passos?

Ela abriu a bolsa e tirou uma nota de vinte, entregando-a ao motorista.

—*Desculpe pelo incômodo. Fique com o troco.*

Quinn saiu do carro e correu para o saguão do hotel. Ela se hospedou em um quarto por três dias, esperando que fosse tempo suficiente para bolar um plano para sair da cidade. Quando subiu para onde ficaria, Quinn percebeu que, em sua fuga apressada, ela havia esquecido seu frasco de comprimidos. No fundo, ela sabia que suas costas estavam melhores, mas quando você se torna dependente de uma substância, seu cérebro fala de maneira diferente e seu corpo anseia pela droga.

Em vez de ir para casa, Quinn aproveitou para se desintoxicar. Ela não sabia que a agonia duraria quase um mês, mas durou, e pensou em várias ocasiões que iria morrer — às vezes, ela queria. Mas aguentou firme, se certificando de se manter hidratada e pedindo sopa ao serviço de quarto com frequência. Finalmente, depois de três semanas, Quinn começou a se sentir como ela mesma novamente, e sabia que havia sobrevivido.

Já que estava viva e bem, ela tinha a mente clara, tão clara que sabia que precisava ajudar aquela jovem loira de dezoito anos atrás. Quinn não sabia se a loira ainda estava na cabana, mas sabia que Frank tinha ido lá apenas um mês antes. Se ela não estivesse lá quando Quinn chegasse, pelo menos ela saberia e então seria isso. Seguiria em frente com sua vida e recomeçaria em algum lugar.

Quinn fez o *check-out* do hotel e pegou um táxi para uma locadora de automóveis, onde alugou o carro mais barato. Não se parecia em nada com o que estava acostumada, mas ela não seria capaz de bancar aquele tipo de luxo sozinha com os poucos milhares de dólares que tirou do cofre. Ela tinha que ser inteligente.

Enquanto dirigia para a cabana que só tinha ido apenas uma vez, pensou que se perderia. Para a surpresa de Quinn, a loja de campo ainda estava na esquina onde ela se lembrava de virar. E, quando parou na pequena cabana, Quinn viu a loira que estava procurando.

Agora, ela precisava descobrir o que diabos faria sobre isso.

CAPÍTULO 22

FRANKIE

Quando parei para abastecer no caminho de volta para a cidade, comprei telefones celulares descartáveis para Zell e para mim, caso precisássemos de alguma coisa enquanto concluíamos o plano. Também peguei uma lata de gasolina cheia de combustível para levar conosco. Nunca coloquei fogo em nada antes, mas jogar gasolina em um prédio e riscar um fósforo nele teria que funcionar. E se eu pude matar um cara a sangue frio, poderia colocar fogo na porra de um prédio.

Eu não estava totalmente bem com o fato de ter matado um cara, embora aquilo tenha sido necessário — por alguns motivos. O idiota estuprou Zell e então meu pai me mandou matar o cara. Não briguei, porque estava com muita raiva. Eu nem hesitei quando puxei o gatilho. Apenas atirei nele e fui embora.

Eu definitivamente era um Russo.

Antes de nos levar ao depósito, parei no banco e retirei todo o dinheiro que tinha na conta. Foram dezenas de milhares de dólares — em vários cheques bancários. Meu pai era co-titular, mas não me importava se ele estava rastreando minha conta. Eu estava de volta à cidade, e com sorte ele assumiria que Zell e eu tínhamos passado a noite lá.

Quando me afastei do banco, eu ri.

— O quê? — perguntou Zell.

— Sinto que acabei de roubar o lugar.

— Era tanto dinheiro assim?

Eu levantei um ombro, indo para o tráfego constante da cidade de Nova York.

— Se eu quisesse gastar tudo de uma vez, poderia comprar um carro para nós. — Falando nisso, eu sabia que precisava largar a van. Não por causa do rastreamento por GPS — a van não tinha —, mas porque Zell foi estuprada nessa porra. De jeito nenhum eu queria dirigir nela por todo o país. Além disso, um carro teria um consumo melhor de combustível.

— Sabe, este é o primeiro carro em que eu estive.

— Sério? — Franzi a sobrancelha.

Zell assentiu.

— Eu atravessava a rua para alimentar os patos e nunca pude ir a outro lugar.

— Bem, nós vamos mudar isso assim que fizermos o que viemos fazer.

— Espero que a gente consiga.

Estendi a mão e apertei seu joelho.

— Eu também, princesa.

No caminho para o armazém, repassamos o plano. Essencialmente, eu estaria fazendo tudo e Zell seria minha vigia. Assim que chegássemos ao clube do meu pai, ela entraria comigo para libertar as meninas o mais rápido que pudéssemos. Eu sabia que haveria um guarda com elas quando se aprontassem, mas ainda estava com minha arma e, felizmente, pelo que eles sabiam, eu era o chefe. Mesmo que começassem uma luta comigo, eu não achava que nenhum deles fosse atirar em mim sem meu pai mandar.

— Você está pronta? — perguntei, estacionando a van do lado de fora do armazém. Havia câmeras, mas eu não me importava se meu pai me visse. O leilão começaria em uma hora e eu sabia que eles haviam saído poucos minutos antes com a mercadoria.

— Eu só fico aqui, certo?

— Sim, e ligue para o meu celular se vir alguém chegando.

— Ok.

Comecei a sair da van, mas então parei e me virei para ela. Eu sabia que ela estava com medo, porque eu também estava. Nas últimas horas, nós dois passamos por coisas que nunca pensamos que aconteceriam. Me inclinei e segurei sua bochecha, trazendo seus lábios aos meus. Foi a primeira vez em mais de uma semana que senti seus lábios macios e não poderia partir para o desconhecido sem prová-la outra vez.

— Eu volto já.

— Ok. — Ela sorriu e tocou o lábio inferior com o dedo como se ainda pudesse sentir nosso beijo. Ainda estava rachado por Enrique bater nela, mas não parecia tão ruim agora que estava limpo.

— Fique com o número a postos e pronto para apertar o botão de chamada — avisei, abrindo a porta.

Ela acenou com o telefone barato.

— Já está pronto.

Fechei a porta e caminhei até a parte de trás da van para retirar a lata de gasolina. Eu precisava me apressar. Sabia que não poderia colocar fogo no prédio de aço pelo lado de fora, então respirei fundo, digitei o código para entrar no prédio e fui. Não vi ninguém e as gaiolas estavam vazias. Tirei algumas fotos, caso meu plano funcionasse e eu precisasse de evidências um dia.

Destampando o recipiente de plástico, corri para o escritório do meu pai, sabendo que era minha melhor aposta para iniciar o fogo. Tinha papel para pegar fogo, ao contrário do piso de concreto e das paredes de metal do prédio. Talvez tentar colocar fogo no armazém não fosse uma ideia tão boa, mas foi a única coisa que pude pensar em fazer.

Fiz uma pausa antes de despejar a gasolina. Começar um incêndio no escritório de meu pai destruiria todas as evidências de sua operação. Mas eu precisava fazer algo. Eu tinha que pelo menos tentar causar uma distração. Então, tirei algumas fotos rápidas de tudo que estava na mesa do meu pai antes de derramar a gasolina em todo o escritório, arrastar o palito na caixa de fósforos e, em seguida, jogar a chama laranja em uma pilha de papéis sobre a mesa e sair, deixando a lata de gasolina para trás.

Eu corri para fora dali, abrindo a porta com um estrondo, e segui para a van.

— Ninguém veio? — perguntei, entrando.

— Não, eu não vi ninguém.

— Bom. Vamos.

Liguei o motor e saí em disparada.

Dirigindo em direção ao clube de meu pai, meu nervosismo triplicou. Colocar fogo no armazém parecia um bom plano na minha cabeça, mas a execução provavelmente não daria conta de todo o trabalho, já que era um prédio de aço. Minha confiança estava diminuindo.

Eu não era um mestre do crime.

Eu não era um gênio do mal.

E não era um cavaleiro de armadura brilhante.

Eu queria ir para o clube e resgatar as meninas como tínhamos planejado, mas e se isso desse errado também? E se meu pai não tivesse ideia de que o armazém estava pegando fogo e ficasse no clube para lidar com o leilão? E se Zell e eu entrássemos pela porta dos fundos do lugar e eu ficasse cara a cara com ele? O que diabos aconteceria? Ele me mataria? Ele hesitaria antes de matar Zell? Saber que ela não era a filha biológica de Madame significava que ele provavelmente não se importava com Zell, mesmo que tivesse algum tipo de relacionamento doentio com Jackie.

Parei a van em um beco e estacionei.

— Acho que não consigo fazer isso.

— Por quê? — Zell questionou.

— Sinto que é uma causa perdida.

— Por quê? — ela perguntou novamente.

— Porque eu sou péssimo em iniciar incêndios, aparentemente, e não acho que a distração vai funcionar agora.

— Então o que precisamos fazer?

— Vamos apenas sair da cidade de novo — sugeri. — Eu tenho dinheiro agora. Podemos fazer isso.

— E as minhas amigas na cobertura? Temos que ajudá-las.

Eu suspirei e inclinei a cabeça contra o encosto do banco. Que porra eu devo fazer? Ironicamente, meu pai saberia o que fazer. Ele tinha uma mentalidade sem barreiras e provavelmente iria com armas disparando com seus homens. Mas eu não tinha homens. Eu tinha minha garota, e minha prioridade número um era mantê-la segura.

— Porra, eu não sei, princesa.

— E se a gente só for até a cobertura salvá-las? — Zell sugeriu.

— E como você acha que vamos conseguir fazer isso, quando eu não consegui fazer isso por você?

— Você tem uma arma agora. Basta usá-la.

Eu grunhi.

— Você acha que eu sou um gangster que pode simplesmente entrar, sem controle, e matar qualquer um que esteja no meu caminho?

— Eu não sei o que isso significa, mas você disse que iríamos salvá-las também, então só precisamos fazer o que você planejou antes.

— O que eu havia planejado antes era causar uma distração para que pudéssemos entrar quando a Madame não estivesse lá.

— Quem se importa com ela? Ela só late, não morde.

— Sério? Então por que você demorou tanto para fugir?

Ela encolheu os ombros.

— Porque eu estava com medo dela.

— Exatamente!

— Mas, pensando bem, ela não poderia ter feito nada comigo se os guardas me deixassem sair. Ela depende deles. Você não disse que será o chefe?

— Não sou chefe de ninguém — rebati. — Tomei essa decisão esta manhã, quando eu fugi com você.

— Eu faço isso. — Ela estendeu sua mão. — Me dá a arma e eu vou lá e atiro em qualquer um que me impedir.

— Claro. — Eu ri. — E como você planeja chegar lá?

Zell pensou por um momento.

— Eu não sei.

— Exatamente. Não sabemos. A única maneira de subir é se eles te deixarem subir.

— Certo.

Então me dei conta.

— Bem, poderíamos entrar com um cliente.

— Como?

— Ou no lugar de um cliente — continuei. Para meu pai ganhar dinheiro, presumi que os clientes iam e vinham várias vezes ao dia.

— Como? — ela perguntou novamente.

— Podemos esperar no saguão a chegada de um. Quando eles usarem o monitor para ligar para a cobertura, podemos esperar que consigam o ok. O elevador vai descer e — dei de ombros — eu pego minha arma e os obrigo a nos deixar subir com eles.

— Isso vai funcionar?

Eu soltei um suspiro.

— Esse é o único plano que posso pensar.

Zell assentiu lentamente.

— Então, precisamos fazer isso.

Capítulo 23

Jackie imediatamente soube quem era a mulher que dirigiu até a cabana. Ela nunca a conheceu, mas tinha visto fotos dela ao longo dos anos, quando Frank mostrava a Jackie imagens de seu filho. Ela sempre achou que Quinn Russo parecia triste, ou talvez como se não estivesse totalmente lá pelas fotos, mas nunca perguntou porque não queria mostrar interesse.

Afinal, essencialmente, ela era a outra mulher.

— Posso ajudar? — Jackie perguntou, quando Quinn saiu de seu carro alugado.

Agarrou a chave de fenda em sua mão, sem ter certeza se precisava dela para proteção ou não. Estava tentando consertar a porta que Frankie havia chutado para que fechasse novamente sem a necessidade de uma cadeira.

— Eu … eu não tenho certeza. — Quinn gaguejou.

— Você está perdida? — Jackie questionou. Ela sabia que não era o caso, mas não entendia por que Quinn estava lá. Frankie disse a Jackie que sua mãe estava desaparecida há um mês e que ela tinha ido embora sozinha, e agora a mulher estava na cabana.

— Não, eu…— Quinn fechou a porta do motorista, mas não se moveu pelos poucos metros até a pequena varanda onde Jackie estava. — Eu vim te ajudar.

— Me ajudar? — ela hesitou.

— Sei que meu marido tem te mantido aqui. Eu vim para tirá-la daqui.

Kimberly Knight

Jackie cruzou os braços sobre o peito.

— Eu disse a Frankie...

— Frankie? Meu filho estava aqui?

— Sim. — Jackie assentiu. — Ele saiu há cerca de uma hora.

— O quê? Como? — Quinn perguntou. — Frank o mandou?

— Não. — Jackie negou com a cabeça.

— Então, ele veio sozinho? — Franziu a testa.

— Bem, não, ele não veio sozinho.

— Com quem ele estava então? — Quinn estremeceu com o ar frio do inverno, já que não estava mais no carro alugado aquecido.

— Primeiro, me diga por que você está aqui.

— Eu já te disse — Quinn afirmou. — Vim para tirar você daqui.

— Por quê?

— Existe uma razão pela qual você não gostaria de ir embora?

— Talvez porque eu realmente não confio em você. — Jackie esfregou os braços para tentar se aquecer.

Quinn não considerou que Jackie fosse hesitar. Pensou que ela ficaria muito feliz por ser resgatada.

— Eu não vim aqui para te machucar. Prometo.

— Como você sabia que eu estava aqui? — Jackie questionou.

— Eu sei há anos.

— E agora você está fazendo algo a respeito?

— Considerando que você está aqui há dezoito anos, eu diria que sabe que meu marido não é de se contrariar.

— Por que agora? — Jackie perguntou. Se Quinn sabia o tempo todo que Jackie estava em uma cabana no meio do nada, por que demorou tanto para resgatá-la?

— Você se importaria de sairmos do frio? Eu vou te dizer qualquer coisa que quiser saber — Quinn devolveu. Ela percebeu que Jackie hesitou, então continuou: — Você pode me revistar se quiser. Não tenho armas. Não estou aqui para te machucar.

Jackie assentiu.

— Tudo bem, entre. Ainda há café que sobrou desta manhã.

As moças entraram na cabana e Jackie fechou a porta usando a cadeira da sala de jantar para se apoiar sob a maçaneta.

— O que aconteceu com a porta? — Quinn perguntou.

— Seu filho.

Quinn prendeu a respiração.

— Por que ele faria isso?

— Sente. — Jackie apontou para a pequena mesa redonda. — Vou pegar uma xícara de café e contar o que aconteceu depois que você me contar por que está desaparecida há um mês e de repente surgiu aqui para me resgatar.

As moças conversaram sem mentir uma para outra, até mesmo sobre o fato de que Jackie e Frank desenvolveram um relacionamento ao longo dos anos. Quinn não entendia como Jackie poderia se apaixonar por um homem que matou seu marido e deu seu bebê, mas aí ela se lembrou de que ela tinha se apaixonado por Frank Russo mesmo sabendo que ele não era um anjo.

Frank tinha algo nele que fazia você se sentir a mulher mais importante de sua vida. Pelo menos ele era assim com Quinn até ela engravidar de Frankie. Ela não entendeu a mudança, mas, ouvindo a história de Jackie, Quinn percebeu que Frank estava vivendo uma vida dupla.

Quando Jackie contou a Quinn por que Frankie tinha aparecido, ela ficou chocada, para dizer o mínimo. Nunca pensou que seu filho iria contra o próprio pai.

— Precisamos fazer algo — afirmou Quinn. — Se Frank pegar Frankie...

— Ele vai matá-lo?

Quinn negou com a cabeça.

— Acho que não. Mas ele mataria Zell.

— Isso é o que Frankie disse também. Como você sugere que o paremos? — Jackie acenou entre ela e Quinn.

— Não sei ainda. — Quinn se levantou. — Mas devemos sair agora e pensar em um plano no caminho até lá.

Jackie concordou. Enquanto as mulheres conversavam, ela percebeu que era hora de recuperar sua vida. Ela conheceu sua filha e poderia finalmente ter um relacionamento com Zell. Jackie precisava e queria ajudar.

Kimberly Knight

Depois que pegou algumas roupas e seus produtos de higiene, as duas entraram no carro e se dirigiram para a cidade. Jackie estava maravilhada com as montanhas nevadas ao dirigirem em direção à cidade de Nova York, e percebeu que sua filha também devia estar. Jackie sempre presumiu que Zell estava levando uma vida de luxo, certa de que Saffron tinha enviado Zell para as melhores escolas, fornecido as melhores roupas que o dinheiro podia comprar e viajava o mundo todo verão. Essa foi parte da razão pela qual Jackie nunca tentou escapar quando não havia guardas. Ela pensou que a filha teria uma vida melhor sem ela.

— Você sabe o que se tornou minha obsessão nos últimos anos? — Quinn perguntou, após vários quilômetros de silêncio.

— Hum, não? — Jackie questionou.

— Há vários anos, existe uma estação de TV dedicada a *true crime*. Em vez de novelas, tenho assistido a programas sobre assassinos em série e assassinato.

— Como o Dateline? — Jackie questionou. Ela se lembrou daquele programa de quando ela era mais jovem e livre.

— Sim, exatamente, mas isso passa 24 horas por dia, sete dias por semana na TV agora.

— Ok? — Jackie não tinha certeza de onde Quinn queria chegar com essa informação.

— Veneno pode ser a nossa forma de resolver isso.

— Veneno? Que tipo de veneno?

Quinn ergueu um ombro ligeiramente.

— Bem, não é como se pudéssemos colocar as mãos em muito, dadas as limitações de tempo e do que precisamos fazer.

— Certo. Então, o que você está dizendo?

— Acho que deveríamos colocar anticongelante na bebida dele.

— Anticongelante? Para carros?

Quinn assentiu.

— Sim. É detectável em uma autópsia, eu acho, mas quem suspeitaria que uma dona de casa, que não dirigia há mais de vinte anos, teria acesso a ele ou até mesmo pensaria em usá-lo?

Jackie pensou sobre o que Quinn havia dito por um momento.

— De quem é esse carro?

— Eu aluguei.

— Não é alugado em seu nome?

Sim, Quinn havia alugado o carro em seu nome. Ela teve que mostrar sua carteira de motorista quando fez isso.

— Você está certa, mas ainda acho que devemos tentar.

— E se formos pegas?

— Acho que não importa o que façamos para matá-lo, há uma chance de sermos pegas. Mas, para a segurança de nossos filhos, precisamos tentar, certo?

— Sim, eu concordo.

— Ou — Quinn continuou — jogamos seu corpo no porto como ele faz com todas as suas vítimas e depois nos encontramos com nossos filhos na cabana. Talvez a polícia nem pense em fazer aquele exame toxicológico específico quando estiverem fazendo a autópsia dele.

— É isso que Frank fez com... meu marido?

Quinn deu um tapinha no joelho de Jackie.

— Sim, eu diria que sim, embora não tenha certeza.

— Bem, é justo que Frank vá parar no mesmo lugar com todos os homens que ele matou.

Quinn sorriu.

— Sim. Isso é muito justo.

Ao assistir a todos os programas de *true crime*, Quinn sabia que não havia assassinato perfeito. Eventualmente — talvez até décadas depois —, a maioria dos assassinatos foram resolvidos por causa de uma nova tecnologia, uma testemunha ou novas evidências, mas Quinn também sabia que precisava tentar. Saber que seu filho queria acabar com o pai fez seu coração inchar. Ela odiava ter partido sem se despedir de Frankie, e agora ela teria sua redenção.

E sua vingança.

Quando Quinn parou para abastecer, comprou uma jarra de anticongelante com dinheiro, como planejado, e então as mulheres seguiram para a cidade.

Kimberly Knight

Elas devolveram o carro alugado e pegaram um táxi para o apartamento de Quinn. Ambas não tinham certeza do que ou quem estaria lá quando chegassem. Jackie contou o plano de Frankie para Quinn sobre colocar fogo no armazém e depois ir para o clube para resgatar as mulheres que estavam sendo vendidas. Elas não sabiam que horas o leilão terminaria ou se Frankie havia conseguido derrotar o pai dele e a missão de resgate.

— Sra. Russo, você está de volta — afirmou Sal, o porteiro, abrindo a porta para as senhoras.

Quinn sorriu calorosamente.

— Estou.

— O Sr. Russo estava preocupado com você.

— Ele estava? — perguntou. Ela não achava que isso fosse verdade, porque Frank não mostrava que gostava dela há muito tempo.

— Sim — Sal confirmou. — Ele queria saber se eu a vi sair.

Quinn sorriu.

— Bem, estou de volta agora. Não precisa se preocupar.

— Sim, senhora. — Sal tirou o chapéu.

As senhoras começaram a caminhar em direção ao elevador, mas Quinn parou e se virou para Sal.

— O Sr. Russo está em casa?

— Não, senhora — Sal confirmou.

— Ótimo. Quando ele chegar, não diga que estou de volta. Vamos fazer uma surpresa.

— Sim, Sra. Russo.

— Obrigado, Sal.

As senhoras saíram e pegaram o elevador até o décimo andar. Havia apenas mais um apartamento no andar, mas Quinn não viu seus vizinhos. Quanto menos pessoas ela visse, melhor. Afinal, estava prestes a envenenar o marido.

— Preparada? — Quinn perguntou, fechando a porta atrás delas.

Jackie ergueu o saco plástico preto que o posto de gasolina deu a elas com a compra.

— A gente só... faz?

Quinn respirou fundo.

— Acho que deveríamos. E agora. Não quero arriscar que ele volte para casa enquanto estamos fazendo isso.

— E então a gente só espera?

— Ou talvez não devêssemos esperar ele voltar para casa?

Jackie inclinou a cabeça ligeiramente para o lado e pensou sobre o que Quinn tinha dito.

— Então como saberíamos se funcionou?

— Acho que devemos esperar.

— Ou voltamos amanhã? — As mulheres pensaram sobre o que fazer por vários momentos até que Jackie disse: — Sim, eu não acho que posso fazer isso.

Quinn piscou.

— Por que não?

— Quer dizer, eu acho que não consigo ficar aqui até ele chegar em casa.

— Está com medo dele? — Quinn questionou.

Jackie assentiu lentamente.

— Por que mais eu teria ficado em uma cabana na qual não estava acorrentada?

Quinn entendeu o que Jackie estava dizendo, mas também sabia que precisava fazer isso. Saber que seu próprio filho queria derrubar seu pai por causa de quem ele era e o que fazia às outras pessoas fez Quinn ver claramente. Se ela não o impedisse, e se Frank algum dia o alcançasse, ela sabia que perderia o filho. Ela não podia deixar isso acontecer.

— Ok, vou misturar o anticongelante no whisky dele e então podemos sair.

— Para onde vamos?

Quinn encolheu os ombros.

— Vamos pensar em algo. Vá para o meu quarto — ela apontou para o corredor — e pegue todas as joias que encontrar. Vamos precisar de dinheiro.

Jackie hesitou por um momento, mas depois concordou com a cabeça.

— Ok.

Jackie enfiava as joias em uma grande bolsa Louis Vuitton e Quinn foi ao escritório de Frank com o jarro de anticongelante. Despejou metade do líquido âmbar e encheu a garrafa com o produto químico do carro para dar a impressão de que o uísque não havia sido tocado. Antes de Quinn deixar o escritório, ela parou por um momento e foi até o cofre, tirando o resto do dinheiro de dentro. Ela riu para si mesma. Frank nunca mudou a senha.

Talvez ele não fosse um homem tão inteligente, afinal.

As moças se encontraram no saguão e deixaram o apartamento como se nunca tivessem ido lá. As duas se perguntaram se algum dia descobririam se o veneno funcionou, mas agora elas tinham dinheiro suficiente e joias para penhorar para sobreviver por um tempo. O plano de Frankie era voltar para a cabana, então era para lá que as mulheres deveriam voltar e esperar que ele chegasse.

No elevador, Jackie disse:

— Eu sei que me acovardei, mas você sabe quem eu não temo?

Quinn franziu a testa.

— Quem?

— A mulher que trancou minha filha em um prédio por dezoito anos.

— O que você está dizendo? — Quinn questionou.

— Vamos fazer mais uma parada. Eu quero que ela saiba que não estou morta, e que Zell sabe sobre mim.

— Você quer ir para a cobertura?

Jackie deu de ombros.

— Qual é a pior coisa que poderia acontecer?

O elevador parou no térreo e as portas se abriram.

— Tudo bem. Vamos. Não vejo Saffron há anos. Se nosso plano não funcionar, ela pode passar a mensagem de que fui eu quem ajudou você.

— Perfeito.

As moças entraram no saguão e foram em direção à porta. Sal estava lá e abriu a porta de vidro quando elas se aproximaram.

— Sal, decidimos sair para jantar. Não há necessidade de dizer ao meu marido que eu estive aqui. Estaremos de volta em cerca de uma hora. — Jackie sorriu docemente.

— Sim, senhora. — Sal correu para chamar um táxi para elas, e as duas deslizaram para dentro e se dirigiram para a cobertura.

CAPÍTULO 24

ZELL

Deixamos a van estacionada no beco. Eu estava mais do que bem em deixar essa van para trás, dado o que tinha acontecido na parte de trás dela. Eu queria botar fogo, mas Frankie disse que seria roubado ou rebocado, e não precisaríamos mais nos preocupar com isso. Ele disse que tinha dinheiro suficiente para alugarmos um carro e sair da cidade depois de resgatarmos minhas amigas, e isso era bom o suficiente para mim.

— Você tem certeza de que quer fazer isso? — Frankie perguntou, quando o táxi parou na cobertura. Foi a primeira viagem de táxi que eu fiz, e achei que seria algo especial. Não foi. Mas agora eu poderia tirar "andar em um táxi amarelo" da minha lista de desejos.

— A gente precisa tentar — respondi, saindo do carro. — Qual é a pior coisa que poderia acontecer?

Frankie fechou a porta do táxi.

— Eu não sei. A Madame te prender novamente.

— Eu não acho que você vai deixar isso acontecer.

Ele pegou minha mão e entrelaçou nossos dedos.

— A única maneira de isso acontecer é se eu estiver morto.

— Não diga isso. Me assusta.

Frankie se inclinou enquanto caminhávamos e sussurrou em meu ouvido:

— Estou com minha arma. Nada vai acontecer com você.

Kimberly Knight

Entramos no prédio e o porteiro olhou para mim, confuso. Eu estava com o cabelo mais curto agora, então talvez ele não tenha me reconhecido. Eu esperava que não, porque não queria que ele ligasse para a Madame e dissesse que eu estava no saguão. Não tinha certeza de quão proeminentes eram os hematomas no meu rosto e o lábio arrebentado, talvez fosse por isso que ele estava me encarando.

— Eu me pergunto quanto tempo precisamos esperar — eu disse e sentei no sofá. Sabia que os clientes iam e vinham a qualquer hora, mas não tinha certeza de quanto tempo levaria antes que um chegasse para o plano funcionar.

Frankie se sentou ao meu lado.

— Espero que não muito.

— E se o seu pai aparecer?

Frankie tirou o celular descartável do bolso para verificar a hora.

— O leilão ainda deve estar acontecendo.

— A menos que ele tenha ido embora por causa do incêndio.

— Certo. Só não sei se fiz um trabalho bom o suficiente.

— Acho que fez. — Eu tinha confiança nele.

— Obrigado, princesa. — Ele beijou o lado da minha cabeça.

Fiquei de olho no porteiro para ter certeza de que ele não foi até sua mesa para pegar o telefone e ligar para a Madame. Em vez disso, ele ficou na porta e deixou as pessoas entrarem e saírem. Nenhuma delas foi para o monitor na parede do elevador para a cobertura.

Finalmente, um homem o fez.

— É hora do show. — Frankie se levantou.

Rapidamente me ergui e caminhei atrás dele lentamente, enquanto esperávamos o cara ligar lá pra cima. Ouvimos o elevador começar a descer e Frankie deu alguns passos rápidos, pegando sua arma ao mesmo tempo, indo por trás do homem.

— Deixe-nos entrar no elevador com você, e eu não vou te matar — Frankie rosnou, pressionando a arma nas costas do cara.

O homem ergueu as mãos e eu olhei por cima do ombro. Felizmente, o porteiro não estava virado para nós.

— Zell! — Frankie retrucou e eu atirei meu olhar para ele. — Vamos lá.

Corri para dentro e as portas se fecharam. Frankie ainda estava com a arma contra as costas do homem, e eu esperava que ele soubesse que não era sobre ele. Estávamos lá para resgatar minhas amigas e eu não queria que ninguém se machucasse.

— Quando chegarmos lá — Frankie falou —, você precisa entrar conosco.

— Por favor, me deixe ir — o cara implorou.

— Eu não posso fazer isso, e te dar a oportunidade de correr para a polícia.

— Não vou correr para a polícia — argumentou o homem. — Estamos indo para um bordel. Não quero que ninguém saiba disso.

Frankie olhou para mim e eu encolhi os ombros.

— Mesmo assim, não posso correr esse risco — respondeu Frankie.

O elevador parou e as portas se abriram lentamente. Ricardo estava esperando, mas quando nos viu, inclinou a cabeça para trás em confusão.

— Zell? Ah, chefe?

— Isso mesmo. — Frankie fervia de raiva. — Eu sou seu chefe. Agora, estou aqui para levar todas as meninas comigo e iremos embora. — Ele empurrou o cliente para dentro da sala e Leanne correu em sua direção, puxando-o de volta para a fila de garotas que estavam esperando. Dei a elas um sorriso caloroso.

— Eu... o quê? — Ricardo questionou.

— Olha, cara, eu gosto de você, então não torne isso mais difícil do que o necessário. — Frankie apontou a arma para Ricardo, que ergueu as mãos.

— Você não vai a lugar nenhum! — Virei minha cabeça rapidamente, vendo Madame em pé com sua própria arma. Eu nunca a tinha visto com uma antes. — Tive um palpite de que você iria aparecer.

Frankie moveu a arma para apontá-la para Madame em vez de Ricardo, me puxando para trás. Meu olhar foi entre as duas armas e mirei por cima do ombro e depois de volta para Ricardo para ver o que ele faria.

— Por favor? — implorei ao guarda. — Você sabe que tudo isso está errado.

— Implore o quanto quiser, garotinha, mas ele trabalha para mim e fará o que eu digo — afirmou a senhora. — E o que diabos você fez com o seu cabelo?

— Errado — argumentou Frankie, ignorando a questão do cabelo. — Ele trabalha para os Russo. E fará o que *eu* digo.

Madame riu.

— E você acha que eu sou o quê?

Inclinei minha cabeça ligeiramente para trás. O que isso significa?

— É o quê? — Frankie perguntou.

Madame deu uma risada sinistra novamente.

Kimberly Knight

— Por que você acha que seu pai confia tanto em mim para comandar suas prostitutas? Eu fui casada com o irmão gêmeo dele.

— Aham, claro. — Frankie riu. — Meu pai nunca me disse que você era minha tia.

— Seu tio morreu antes de você nascer. Não havia razão para lhe dizer.

Frankie parou por um momento e respondeu:

— Não importa. Meu pai estava me ensinando tudo para assumir o controle. Portanto, eu sou o chefe.

— Isso foi antes de você fugir com minha filha.

— Ela não é...

— Eu não sou sua filha! — gritei.

— Do que você está falando, garota? — Madame questionou. — Claro que você é minha filha.

Frankie riu.

— Na verdade, passamos uma manhã muito tranquila com Jackie e sabemos tudo sobre você levar Zell.

As meninas engasgaram, algumas delas cobrindo a boca em choque.

— Isso mesmo — Frankie continuou. — Você não pode mais controlar Zell. Ela não só tem dezoito anos, mas também não é sua. Assim como nenhuma dessas garotas está legalmente aqui.

— Eu me cansei de você — afirmou a Madame, e então houve um estalo alto.

Eu pulei e gritei como todas as meninas até que Frankie se virou, agarrando seu peito, o sangue escorrendo por seus dedos. Ele caiu de joelhos, e eu também, o segurando em meus braços.

— Você atirou nele! — rosnei, soluçando e vendo Ricardo se mover para ficar na frente de Erin, como se a estivesse protegendo.

— Claro que atirei nele. Não vou deixar uma criança arruinar meu negócio. — Madame fervilhava.

Peguei a arma de Frankie.

— Uma criança? — Eu me levantei e apontei a arma para ela, lágrimas rolando pelo meu rosto. — Ele é uma pessoa melhor do que você jamais será.

Ela bufou.

— O quê? Você vai atirar em mim, garota?

Minha mão tremia quando apontei a arma para ela. Eu não sabia o que fazer. Este não era o plano. Frankie não deveria levar um tiro. Queríamos apenas salvar as minhas amigas.

Olhei para Ricardo e vi que ele estava com a arma, mas não estava apontada para ninguém. Ele estava em conflito sobre o que fazer? Quem ajudar? Ele ainda estava na frente de Erin — e só da Erin — como se fosse seu escudo.

— Por favor? — implorei a ele. — Ajude-nos a sair.

— Ah, por favor — Madame soltou, atrevida. — Ele não vai ajudar uma garotinha, especialmente agora que o grande e mau namorado está sangrando.

Frankie estava morrendo? Ele estava gemendo e apertando o peito. Eu não podia deixá-lo morrer por nada. Eu não podia deixá-lo morrer, ponto final. Ele matou o homem que me estuprou por vingança, e agora era minha vez de intervir e ajudá-lo. Para receber de volta por tudo que Madame tinha feito comigo ao longo dos anos.

Com a mão trêmula, e ainda apontando a arma para Madame, gritei:

— E ninguém vai te ajudar! — Eu puxei o gatilho, outro estouro ecoando no amplo espaço do andar principal. Desta vez, eu não pulei. Desta vez, fui eu o motivo do disparo da arma.

Observei os olhos da Madame ficarem enormes com confusão, e então ela agarrou seu estômago, sangue escorrendo por seus dedos. Puxei o gatilho e atirei nela novamente, a força do golpe fazendo com que Madame recuasse. Ela caiu de costas, gemendo e grunhido de angústia. Ninguém foi ver como ela estava.

— Vamos lá! — Ricardo ordenou, acenando para as meninas irem até ele e pressionando o botão do elevador, a mão de Erin na sua.

— E quanto a Frankie? — Eu chorei e corri até ele, deixando a arma cair da minha mão e me ajoelhando ao seu lado. Com os olhos fechados, eu não sabia se ele estava vivo ou morto. Ele havia parado de gemer de dor ou de fazer qualquer barulho.

— Eu sou um médico — afirmou o cliente, dando um passo à frente. — Deixe-me ajudar. — Eu me afastei, de repente grata por este homem. — Preciso de algo para estancar o sangramento. Pegue o máximo de toalhas que puder e algo para esterilizar a ferida.

Krissy e as meninas correram para ajudar. Eu olhei para Erin, implorando para ela vir também. Era Frankie, e se ela soubesse o que ele fez por mim com o homem na noite passada, ela não hesitaria.

— Por favor? — implorei. — Ele me salvou.

Erin olhou para Ricardo.

— Eu não posso deixá-la.

— Por favor? — supliquei a Ricardo. Frankie não podia morrer.

— Ok. — Ricardo finalmente assentiu e se afastou do elevador. — É melhor nos apressarmos, caso o Sr. Frank venha.

Kimberly Knight

CAPÍTULO 25

Enquanto observava o médico, fiquei com medo. E se Frankie morresse? Ele arriscou sua vida por mim — literalmente — e eu não podia simplesmente deixá-lo. Não tinha como voltar para a cabana. Eu nem sabia onde ela ficava. Mas a gente também disse a Jackie que voltaríamos. Ela se preocuparia se não aparecêssemos depois de alguns dias? Pensaria que algo deu errado e que estávamos mortos? Algo deu errado e Frankie estava deitado no piso caro, sangrando.

— Ele vai ficar bem? — perguntei pela milionésima vez.

— Zell, vamos sentar. — Erin agarrou minha mão e tentou me levar para longe, mas eu a impedi.

— Eu não vou deixá-lo.

— A gente só vai para lá. — Apontou para o sofá.

Neguei com a cabeça.

— Não.

— Acho que a Madame está morta — afirmou Leanne, se aproximando de nós. Não me virei para olhar para a Madame. Eu não me importava com ela.

— O que nós vamos fazer? — perguntou Krissy.

— Se chamarmos a polícia, Zell será acusada de matá-la — afirmou Carla.

— Foi legítima defesa — rebateu Clarissa. — Todas nós vamos dizer isso.

A campainha do elevador tocou para indicar que havia alguém no saguão ligando. Todas as meninas, inclusive eu, nos entreolhamos e depois para Ricardo, querendo ver o que ele faria.

— Eu cuido disso. — Ele caminhou em direção ao monitor e apertou um botão. — Sinto muito, estamos cheios.

Olhei por cima do ombro para a tela. Duas mulheres apareceram e demorei um pouco, mas reconheci uma delas.

— Espere! — gritei. — Essa é a Jackie.

— Quem é Jackie? — Clarissa perguntou.

Comecei a ir para o elevador.

— Minha mãe verdadeira.

Ouvi suspiros, caminhando ao lado de Ricardo. Ele apertou um botão e eu perguntei:

— Jackie? O que você está fazendo aqui?

— Zell? — Era um monitor unilateral, então ela só podia me ouvir.

— Sim, sou eu.

— O que você está fazendo aqui? — questionou de volta.

— Uh… — Esfreguei a nuca, olhando para Frankie e o médico, que estava usando agulha e linha no ferimento. — Nós… uh, vamos deixar você subir.

— Zell, você conhece a outra moça? — Ricardo perguntou, ao apertar outro botão, fazendo com que o elevador começasse a descer.

— Não, mas essa é minha mãe. Ela sabe por que Frankie e eu voltamos para a cidade. Talvez possa nos ajudar.

— A outra moça é a mãe de Frankie — afirmou Ricardo.

— Sério? — Eu não tinha ideia de como as duas mulheres acabaram juntas.

— Sim, então como ela está com sua mãe?

Dei de ombros.

— Eu não faço ideia.

O elevador apitou e as portas se abriram.

— O que você está fazendo aqui? — Jackie me perguntou, correndo em minha direção.

— Nós…

— Frankie! — sua mãe gritou, apressando-se para onde ele estava deitado no chão, ainda sendo tratado pelo médico.

Ricardo a agarrou antes que ela pudesse interromper o médico.

— Ele está recebendo ajuda, Quinn. Deixe o médico terminar.

Olhei para Jackie em busca de respostas.

Kimberly Knight

— Essa é a mãe dele — explicou.

— Por que ela está com você?

— Vocês não foram os únicos a me visitar.

— O quê?

— Explicarei mais tarde. O que aconteceu com Frankie?

Apontei para onde Madame ainda estava deitada no chão.

— Madame atirou nele.

— Ela o quê? — a mãe de Frankie questionou e tentou se livrar do abraço de Ricardo, como se fosse correr até Madame e matá-la novamente.

— Ela está morta, Quinn — Ricardo afirmou. — Zell a fez pagar pelo o que fez com o seu filho.

— Você atirou nela? — Jackie me perguntou.

Eu concordei.

— Duas vezes.

— Mas por que ela atirou em Frankie? — insistiu.

— Porque viemos aqui para salvar minhas amigas e ela não gostou disso.

— O que aconteceu com o armazém e as outras garotas?

Dei de ombros.

— Frankie colocou fogo no armazém, mas ele acha que não fez um trabalho bom o suficiente para servir de isca, então viemos aqui em vez de ir para o clube.

— Então, as meninas ainda foram vendidas?

— Eu acho que sim.

O médico se afastou de Frankie.

— Ok, tirei a bala e o sangramento parou por enquanto. Felizmente, não era profundo e essa agulha e linha funcionaram, mas provavelmente não vai aguentar e ele precisa de antibióticos.

— Você pode prescrevê-los? — perguntou a mãe de Frankie.

— Sim, vou ligar para a farmácia mais próxima e abrir um arquivo dizendo que o tratei por ele estar gripado.

— Obrigada — Quinn respondeu.

— Ele vai ficar bem? — perguntei.

— Ele perdeu um pouco de sangue, mas não acho que foi o suficiente para colocar a vida em risco.

— Então por que ele parece inconsciente? — Erin questionou.

— Acho que ele desmaiou de dor — respondeu o médico. — Devíamos colocá-lo em uma cama ou algo assim até que ele acorde.

Ricardo avançou.

— Deixe-me ajudá-lo.

— Você está bem? — Jackie perguntou, olhando para mim, o médico e Ricardo pegando Frankie e se dirigindo para o corredor. A mãe de Frankie os seguiu.

— Estou bem.

— Acho que ela ainda não se deu conta — Erin afirmou e se aproximou de nós. Ela estendeu a mão. — Eu sou Erin, a professora de Zell.

— Professora? — Jackie questionou.

— E uma das garotas aqui — Erin explicou.

— Ah. — Jackie apertou a mão de Erin.

— Ela é uma das minhas melhores amigas — esclareci.

— Awn, Zell, isso significa muito. — Erin sorriu.

Era verdade. Ela sempre foi aquela que cuidou de mim e a quem eu recorria primeiro quando precisava de ajuda ou conselho. Ela também era a que estava na casa há mais tempo.

— O que você está fazendo aqui? — perguntei a Jackie.

— Bem. — Ela apontou para o corpo da Madame. — Eu estava vindo para confrontá-la.

— Sobre o quê?

— Eu queria dar a ela a minha opinião sobre tirar você de mim.

— Antes de ela morrer, nós contamos a ela que sabíamos sobre você e o que ela fez.

— Você contou? — Jackie perguntou com os olhos arregalados.

Assenti.

— Acho que foi isso que a fez atirar em Frankie.

— Ela provavelmente percebeu que estava perdendo o controle — Erin afirmou.

— E o que vamos fazer sobre Saffron? — a mãe de Frankie perguntou quando ela e os dois homens entraram na sala. Percebi que as mãos do médico agora estavam limpas do sangue de Frankie.

Ricardo olhou para mim e eu dei de ombros. Não sabia o que fazer com ela. Seu olhar se moveu para Erin, que também encolheu os ombros.

— Eu posso largá-la no porto. Não seria a primeira vez.

Todos olharam para o médico e ele ergueu ligeiramente as mãos.

— Não olhem para mim. Eu nunca estive aqui, então vou embora. Vou pedir a receita no táxi. Leanne, acho que isso é um adeus.

— Uau. — Ela respirou e se levantou. — Eu acho que é. — Eles se abraçaram.

— Obrigado pelo que fez pelo meu filho — afirmou Quinn.

— Não vou mentir, ele me assustou pra caralho quando apontou uma arma nas minhas costas e me fez deixá-los subir comigo. — Ele acenou para mim. — Mas assim que vi e ouvi o que estava acontecendo, soube quem era o mocinho. — Ele foi para o elevador. — Mas, novamente, eu nunca estive aqui.

Todos concordaram e o médico entrou no elevador. Depois que as portas se fecharam, eu o ouvi começar a descer.

— Você acha que ele está falando a verdade? — perguntou Krissy.

— Dr. Dan é um cara bom — afirmou Leanne. — Ele tem mulher e filhos, e tenho certeza de que eles não têm ideia de que ele estava vindo para cá.

— Um cara bom que trai a esposa? — Carla questionou.

— Pelo menos ele ajudou Frankie — apontou Leanne.

Todos concordaram com a cabeça.

— Então, você vai simplesmente carregar a Madame no elevador? — Erin perguntou a Ricardo.

— Não, vou usar o elevador de serviço.

— Que elevador de serviço? — Krissy questionou.

— Aquele na cozinha.

Todas as garotas se entreolharam em confusão, e Erin perguntou.

— Que elevador na cozinha?

— Aquela porta entre a sala do chef e a despensa.

— Achei que fosse um armário — afirmei.

Ricardo negou com a cabeça.

— Não. Elevador de serviço.

— Por que só estamos sabendo disso agora? — Carla questionou.

— Não é como se todas vocês pudessem ter escapado. Você precisa do código para acessá-lo — esclareceu Ricardo.

— E você sabe o código? — Erin questionou.

Ricardo encolheu os ombros.

— Sim. Eu o tenho há anos.

Erin empurrou seu peito.

— Você poderia ter nos tirado daqui há anos?

— Não é tão fácil — retrucou.

— E por que não? — Leanne interrompeu.

— Por um lado, existem câmeras, e o Sr. Russo teria me visto deixar vocês escaparem.

— Você poderia ter nos dado o código. — Krissy cruzou os braços sobre o peito.

— E quando o Sr. Russo visse todas irem embora, quem vocês acham que seria um homem morto?

Todas ficaram em silêncio por um momento. Ricardo tinha razão.

— Então, você escolheu sua vida ao invés de nós? — Carla questionou.

Ricardo encolheu os ombros.

— Sinto muito. Todas vocês sabem o quão perigoso ele é. — Todas concordaram. — Tenho medo do que ele fará quando souber de tudo isso. — Ricardo apontou para Madame e o sangue de Frankie que ainda estava no chão.

— Precisamos pará-lo — afirmou Quinn. Ninguém esperava que ela dissesse isso sobre seu próprio marido.

— E como você propõe que façamos isso? — Erin perguntou.

A mãe de Frankie e Jackie trocaram um olhar, e a Sra. Russo disse:

— Bem, já temos um plano em jogo.

— E qual é? — Ricardo questionou.

— Eu coloquei anticongelante no whisky dele.

— Ele bebeu? — Clarissa perguntou.

As duas mulheres mais velhas deram de ombros e Jackie respondeu:

— Saímos antes que ele chegasse em casa.

— Ele está no leilão, certo? — a mãe de Frankie perguntou a Ricardo. Ele encolheu os ombros.

— Acho que sim.

— Deve acabar logo. — Nós nos viramos para ver Frankie entrar na sala.

— Frankie! — Corri para ele e passei meus braços em volta do seu pescoço.

— Calma aí, princesa. Eu levei um tiro.

— Desculpe. — Recuei e Frankie olhou por cima do meu ombro.

— Mãe? O que… o que você está fazendo aqui?

— Bem. — Ela soltou um suspiro. — Eu voltei para matar seu pai.

Kimberly Knight

Capítulo 26

FRANKIE

Acordei em um quarto estranho.

Quando abri meus olhos e finalmente olhei em volta, percebi que era o quarto que Zell e eu tínhamos usado quando fingimos fazer sexo. Deus, eu odiava aquele quarto. Não há como dizer quantos desgraçados o usaram para se divertirem.

Eu gemi quando me sentei. Meu peito estava me matando e me sentia tonto. Lembrei que tinha levado um tiro, queimava como se alguém tivesse enfiado um cigarro na minha pele, mas não me lembrava de ir dormir nem nada depois que Zell gritou que Saffron havia atirado em mim.

Porra aquela vadia.

Meus ouvidos ficaram atentos aos gritos vindos do corredor. Ficar em pé foi mais fácil do que sentar, e balancei um pouco, recuperando o equilíbrio e saindo do quarto para ver o que era toda aquela comoção. Temi que tivesse algo a ver com Zell, mas quando saí para o corredor, ouvi Ricardo contar a elas sobre um elevador de serviço, e então minha mãe disse que estava tentando envenenar meu pai. Minha própria mãe.

Zell e minha mãe correram até mim; Zell me lembrou de que eu tinha levado um tiro por causa da força com que me apertou, e então minha mãe anunciou que havia saído do esconderijo para que pudesse matar meu pai.

— Claro, e você realmente acha que o anticongelante vai funcionar? — questionei.

— Vai funcionar se ele beber — respondeu a minha mãe.

— Precisamos fazer outra coisa.

— O quê?

Pensei por um momento, puxando Zell contra mim.

— Bem, vendo que este lugar está um desastre... ela está morta? — Apontei para Saffron.

Todos os olhos se voltaram para Zell, então eu olhei para ela também.

— Eu atirei nela depois que ela atirou em você.

— Você atirou?

Ela encolheu os ombros.

— Você fez isso por mim.

Eu a envolvi em meus braços, não me importando com a dor que irradiava por todo o meu corpo quando fiz isso.

— Obrigado, princesa. Isso significa muito.

— Então, Frankie, o que você sugere que façamos? — Jackie perguntou.

— Ah, certo. — Eu soltei Zell, mas a mantive ao meu lado, pois ela estava me mantendo de pé. — Então, visto que este lugar está um desastre, por que você — apontei para Ricardo — não liga para o meu pai e lhe conta a maior parte da verdade?

— A maior parte da verdade? — ele questionou.

— Que Zell e eu aparecemos e Saffron atirou em mim, mas foi você quem atirou nela.

— Você acha que ele virá correndo? — Ricardo perguntou.

Levantei meu ombro livre.

— Diga a ele que você não sabe o que fazer com o corpo dela, e eu estou sangrando. Tenho certeza que ele vai querer acabar comigo por traí-lo na noite passada.

— E fazemos o que depois? — Minha mãe perguntou. — Quero dizer, quando ele chegar.

— Bem, eu acho que quando ele chegar aqui, ele vai perceber que seu tempo acabou. A cadela está morta, seu escritório está queimado no armazém, e a mulher que ele tem mantido cativa em uma cabana está aqui.

— E se ele sacar a arma? — Ricardo questionou.

— Então você e eu precisamos ser mais rápidos.

— Talvez eu deva ser a única na sala — Jackie sugeriu. — Isso vai confundi-lo.

Kimberly Knight

— Sim. — Estalei meus dedos, gostando da ideia. — Então eu vou entrar e acabar com ele. Ele não sabe onde eu fui baleado.

— Você tem certeza de que quer fazer isso? — perguntou a minha mãe.

Levantei meu ombro livre novamente.

— Eu tenho que fazer. É a única maneira.

Ricardo ligou para meu pai conforme planejado.

— Ele está a caminho.

— Perfeito. — Eu soltei Zell. — Mãe, posso falar com você por um segundo?

— Claro — ela respondeu.

Entramos no quarto em que acordei e fechei a porta.

— Devemos nos apressar, pois não sabemos onde ele está.

— Ok? Sobre o que quer conversar?

— Onde diabos você estava? — questionei.

Ela olhou para longe como se estivesse organizando seus pensamentos.

— Para encurtar a história, eu estava cansada de ficar em segundo plano e pensei ter visto você seguir os passos dele. Não podia ficar vendo você…

— Mas eu não estava — argumentei.

Ela segurou minha bochecha.

— Eu sei disso agora, e me arrependo da maneira como saí. Talvez as coisas tivessem sido diferentes se eu tivesse ficado.

— Para onde você foi?

— Estranhamente, acabei por ir para um hotel próximo ao nosso apartamento.

— Sério? — hesitei.

— Eu tinha que me desintoxicar.

— Desintoxicar? Desintoxicar de quê?

— Analgésicos.

Eu não tinha ideia. Sabia que ela bebia, mas não que era viciada em comprimidos.

— Sério?

— Lembra quando eu machuquei minhas costas alguns anos atrás?

— Sim. Quando meu pai te empurrou?

— Sim, tenho tomado desde então.

— E agora?

— Como eu disse, me desintoxiquei. Minha cabeça está clara agora.

— E você está bem com a gente matar seu marido? — Nunca pensei que faria essa pergunta a minha mãe. Matar estava no meu sangue, mas nunca pensei que estivesse no dela.

— Pelo que ele fez ao longo dos anos, eu tenho que estar. Ele não pode ser impedido de outra forma.

— Eu sei. — Não sabíamos quais policiais estavam em sua folha de pagamento e, no final, ele não respirar seria o melhor para todos.

— Você, realmente, está bem em matar seu pai?

Eu assenti e suspirei.

— Pelo que ele fez ao longo dos anos — repeti. — E pelo que ele fez a Zell e Jackie, eu tenho que estar.

— Bem, então é melhor voltarmos e traçarmos um plano sólido antes que ele chegue.

— Certo. — Comecei a me afastar, mas ela me parou e me puxou para seus braços. Eu não sabia quando ela tinha me abraçado pela última vez, mas a abracei de volta, mesmo que doesse.

— Você sabe que eu te amo, certo?

Eu sorri com força. Sempre questionei isso.

— E eu te amo.

Saímos do quarto e nos juntamos a todos na sala de estar. Fui direto para Zell e passei meu braço em volta dos ombros dela. Para alguém que havia passado por tanta coisa em vinte e quatro horas, ela estava aguentando bem ou pelo menos estava ocupada demais para processar tudo. Eu precisava estar lá quando ela desmoronasse. Queria que soubesse que, mesmo depois do que aconteceu, superaríamos tudo. Estávamos nisso juntos. Eu tinha matado por ela e ela tinha matado por mim.

Ricardo se aproximou de mim e me entregou a arma que meu pai havia me dado na noite anterior. Era irônico que ele ia ser morto com ela.

— Acho que devemos tirar as meninas daqui — sugeriu Ricardo.

— Ok — concordei. Não havia razão para elas estarem aqui. Elas não precisaram se envolver no plano. Precisavam ser livres.

Kimberly Knight

— Vou dar a Erin meu endereço e pedir que as leve para minha casa assim que seu pai chegar. Vou dar a elas o código do elevador de serviço para que possam escapar, e assim que tudo terminar com seu pai, a gente pode ajudá-las ou o que for necessário.

— Parece bom. — Estendi a mão. — E obrigado por estar do nosso lado.

Ricardo olhou para uma das meninas — eu não sabia o nome dela — e depois de volta para mim.

— Não é só por você.

— Ah. Boa escolha. — Eu dei um tapinha nas costas dele. — Se apresse e as faça irem embora logo. Talvez eu precise que você deixe meu pai subir se ele não estiver com a chave do elevador.

— Ok. — Ricardo saiu e reuniu as meninas.

— Mãe — gritei. — Por que você não leva Zell...

— Nós não vamos deixar você. E eu não acho que você deveria estar na sala quando ele chegar.

— Certo — concordei. — Jackie, serão você e Ricardo. Diga a ele que estou no quarto de Zell ou algo assim. Ele não vai saber a diferença.

— Ok, vamos nos preparar — disse Jackie.

Capítulo 27

Jackie ficou nervosa quando o plano começou a se concretizar. Ela tinha entrado em pânico sobre o envenenamento de Frank, mas depois de assistir um médico cuidar de Frankie, e a maneira como Zell estava claramente apaixonada por ele, sabia que para ter uma vida com sua filha — para ser livre —, precisava parar o homem que causou tudo. Eles pensavam que Jackie ia ser a isca para quando Frank chegasse, mas ela tinha outra ideia.

Todos se posicionaram, esperando a chegada do homem. Zell estava em seu quarto um andar acima, Frankie e Quinn estavam esperando em um no mesmo andar em que Frank chegaria, Ricardo estava parado perto do elevador e Jackie estava na sala de estar.

A última vez que esteve na cobertura, Frank a pegou pelo braço. Ela lutou até que algo foi injetado nela, fazendo-a ficar atordoada. Quando ficou lúcida novamente, já estava na cabana e era tarde demais.

Agora, ela estava de volta e pronta para acabar com tudo.

Na cobertura quase silenciosa, Jackie ouviu o elevador começar a subir. Ela olhou para Ricardo, e ele acenou com a cabeça, vendo que era Frank. Mais ninguém tinha um cartão de acesso, exceto a Madame, e ela ainda estava deitada no chão com um lençol sobre o cadáver. Conforme o elevador subia, o mesmo aconteceu com os batimentos cardíacos de Jackie. Ele batia rapidamente em seu peito, as palmas das mãos ficaram suadas e ela sentiu como se fosse desmaiar.

Kimberly Knight

— Você consegue fazer isso — ela entoou para si mesma sem parar.

O elevador apitou e as portas se abriram. Jackie prendeu a respiração, esperando que o homem que destruiu seu mundo fosse embora.

— Onde ele está? — Ouviu Frank perguntar.

— Bem aqui — respondeu Ricardo.

Jackie se levantou no momento em que Frank apareceu. Como ela tinha conseguido desenvolver sentimentos por ele estava além de sua compreensão, mas ela conseguiu, e essa era a triste realidade de toda a situação. Frank Russo era um homem bonito que deu a ela o que ela precisava para sobreviver: comida, abrigo e afeto. Ela era um peão em seu jogo, mas agora era hora de derrubar o rei.

Seus olhos se encontraram.

— Jackie? — Frank perguntou.

— Olá, Frank.

— O que... — Ele começou a dizer, mas parou quando ouviu o engatilhar de uma arma.

Ricardo encostou o cano da pistola na nuca de Frank.

— Vou precisar pegar a sua arma.

— O que diabos está acontecendo? — Frank retrucou.

Mãe e filho entraram na sala e o jovem sorriu, apontando a arma para seu pai.

— Não é óbvio, pai? Há um novo rei no trono. Agora, dê a Ricardo sua arma.

Só que Frank não fez o que seu filho ordenou. Ele riu.

— Você devia saber que um rei governa até que esteja morto.

Do corredor que saía da cozinha, três dos homens de Frank entraram, todos eles com armas em punho e apontadas para todos, exceto Frank e Quinn. Em um piscar de olhos, Ricardo estendeu a mão para Frank, trazendo-o contra seu peito com o braço em volta da garganta de sua garganta. Ele pegou a arma do coldre de seu chefe depois de colocar sua própria arma no cós da calça.

— Me dá isso. — Jackie estendeu a mão ao se aproximar dos dois homens.

Ricardo deu a arma para ela, trocando com a sua e mantendo o braço em volta da garganta de Frank. Jackie pegou a arma e apontou para Quinn, a poucos metros do Sr. Russo. Ricardo não tinha certeza se deveria mirar em Jackie ou em um dos outros homens armados. Optou por Jackie, mas continuou segurando Frank pelo pescoço.

— O que você está fazendo? — Quinn perguntou.

Frank riu.

— Exatamente o que o rei quer.

— Bem, não exatamente — Jackie respondeu, e sem hesitação, ela apontou a arma para Frank e puxou o gatilho, atirando na lateral da cabeça dele. O sangue respingou contra ela e o rosto de Ricardo, matando-o instantaneamente.

Jackie precisava daquele segundo extra para que os homens de Frank pensassem que ela estava se curvando para ele. Apontou a arma para os outros no momento em que Ricardo largou o corpo de Frank e fez o mesmo. Frankie também apontou sua arma para eles.

— Agora, você está com seu chefe morto ou o novo? — questionou o jovem.

— Eu… uh…— Um dos caras gaguejou, e então ergueu as mãos. — O novo, Sr. Russo.

— Sim, sim — os outros dois homens concordaram ao mesmo tempo.

— Ótimo. Agora, ajude Ricardo a levar os corpos para o porto.

— Sim, senhor.

Os homens nem piscaram quando começaram a limpar os cadáveres. Ele os treinou bem, mas foi uma pena para Frank não ter treinado Jackie tão bem quanto pensava. Ela tinha um longo discurso para dar a ele sobre matar seu marido, levar seu bebê e trancá-la por dezoito anos, mas não conseguiu dizer nenhuma dessas coisas porque viu uma oportunidade e resolveu aproveitá-la. Frank não hesitou quando atirou e matou Russell na frente dela, então ela também não o fez.

— Você está bem? — Frankie perguntou a Jackie.

— Sim. — Mas quando ela ergueu a arma para entregar a ele, estava tremendo.

— Por um segundo eu pensei que você ia atirar em mim — Quinn admitiu.

— Eu também — concordou Frankie.

— Eu queria que todos pensassem isso.

— Só espero que esteja tudo acabado agora — afirmou a Sra. Russo.

— Eu também — Jackie concordou.

— Vá ver se Zell está bem enquanto eu me certifico de que façam conforme lhes foi ordenado — Frankie mandou.

As moças foram para as escadas, procurando em cada cômodo por

Zell até que chegaram ao final do corredor e a encontraram andando de um lado para o outro no espaço pequeno.

— Terminou? — Zell questionou.

— Sim — Jackie respondeu e a trouxe para um abraço. — Está tudo acabado.

— O que fazemos agora? — perguntou a moça.

— Eu não sei sobre vocês duas, mas eu poderia dormir um pouco — respondeu Quinn.

Capítulo 28

FRANKIE

Eu não conseguia acreditar que o plano funcionou.

Jackie me assustou ao apontar a arma para minha mãe. Isso foi inesperado, e achei que ela estava se voltando contra nós, que meu pai realmente a controlava de alguma forma. Eu não tinha certeza do que teria feito se fosse esse o caso. Eu teria que matar a mãe verdadeira de Zell? Eles teriam nos matado? Meu coração disparou pensando em tudo, mas eu não podia demonstrar medo, principalmente porque agora estava no comando.

— Você está bem? — perguntei a Ricardo, enquanto ele e outro cara carregavam o corpo sem vida de meu pai pelo corredor até a escada que levava à cozinha.

— Sim. E você?

— Perfeito. — Eu não tinha certeza se isso era verdade. Estava muito ocupado me preocupando com tudo para realmente processar os últimos dois dias ou o fato de que tinha acabado de assistir meu pai morrer. Além disso, eu estava exausto e faminto. Desci com eles até uma van estacionada perto da entrada de serviço do prédio. Eles colocaram os dois corpos na parte de trás.

— Isso é tudo, chefe? — Ivan questionou.

— Na verdade, me diga por que meu pai fez vocês virem pelos fundos.

Ivan olhou para Diego e Aaron, e depois de volta para mim.

— Depois que recebeu a ligação de Ricardo, ele puxou o vídeo das câmeras pelo celular. Viu todos vocês conversando e soube que não foram baleados.

Kimberly Knight

Essas câmeras de merda. Eu tinha me esquecido delas, já que estavam escondidas no nível principal, mas eu iria destruir o lugar até que encontrasse cada uma delas. Grunhi e puxei minha camisa, revelando as bandagens em meu peito. Inferno, meu suéter tinha uma mancha de sangue.

— Eu *fui* baleado.

— Por que ele não apareceu com a arma na mão? — Ricardo questionou.

— Ele pensou que teríamos uma vantagem entrando por trás. Não acho que nenhum de nós esperava que aquela mulher atirasse nele.

Sim, foi um choque.

— Ok — concordei. — E, só para que fique claro, vocês trabalham para mim agora.

— Sim, senhor — disseram os três.

— E Ricardo é o meu braço direito, então quando eu não estiver disponível, é ele quem manda.

— Sim, senhor — repetiram.

— Ricardo, me ligue quando terminar.

— Sim, senhor — respondeu.

Os homens entraram na van e eu voltei para o elevador. Ricardo me deu o código, mas eu precisava descobrir como alterá-lo. Na verdade, haveria muitas mudanças. Eu precisava descobrir se o armazém ainda estava de pé, se o leilão foi concluído e então parar tudo. Não haveria mais sequestros ou venda de mulheres, e a boate não seria mais uma fachada para drogas.

Entrei no quarto de Zell, que correu para os meus braços ao me ver.

— Não se esqueça que levei um tiro, princesa. — Eu gemi.

— Desculpe — murmurou.

— Eles já foram embora? — perguntou a minha mãe.

— Sim. Só sobrou a gente.

— Agora, vamos fazer o quê? — Zell questionou.

— Podemos voltar para o apartamento — minha mãe sugeriu. — A gente sabe que vamos ficar seguros lá.

— Só não beba o whisky. — Jackie riu.

— Sim, precisamos jogar aquilo fora — minha mãe concordou.

— Realmente acabou? — Zell perguntou.

Eu a puxei para mim e passei meu braço em volta dela, beijando o lado de sua cabeça.

— Sim, princesa. O antigo rei e sua bruxa estão mortos.

— Até que os policiais encontrem seus corpos — declarou Jackie.

Nunca soube o que acontecia com os corpos que meu pai se livrava no porto. Talvez a água tenha lavado todas as evidências e nada tenha ficado preso a eles. Eu esperava que fosse o caso desta vez.

— Bem, a única evidência está aqui na cobertura, então obviamente precisamos limpar o sangue de Frank e Saffron — minha mãe disse.

— Podemos dormir primeiro? Talvez comer alguma coisa? — perguntei.

— E se alguém vier e vir o sangue? — Zell insistiu.

— Quem? Eles não podem subir pelo elevador — eu disse.

— Martin estará aqui pela manhã — respondeu ela.

— Quem é Martin?

— O chef.

— Ele vem e vai? — questionei.

Zell encolheu os ombros.

— Achei que ele tivesse um quarto no andar de baixo, mas não o vi desde que chegamos aqui.

Soltei Zell e corri em direção à cozinha. Ricardo disse que o elevador de serviço ficava ao lado da sala do chef. Ele esteve lá o tempo todo? A primeira porta que abri foi a despensa. Eu fechei com força. O próximo cômodo era um quarto, mas estava vazio.

— Ele não está aqui.

— Talvez tenha saído com as meninas — minha mãe sugeriu.

— Zell. — Agarrei seus ombros e olhei em seus olhos. — Pense muito bem, princesa. Ele foi mantido em cativeiro como você e as meninas, ou ele entrava e saía?

— Acho que ele morava aqui como nós.

— Isso parece provável, já que tem um quarto aqui — afirmou Jackie.

— Ele tem que ter saído com as meninas — minha mãe disse. — Podemos perguntar ao Ricardo.

— Sim, farei isso quando ele me ligar. — Eu bocejei, fazendo com que todas as mulheres repetissem o gesto. — Vamos sair daqui e dormir um pouco. — Eu estava exausto pra caralho.

— Podemos parar e comprar pudim de banana? — Jackie perguntou.

— Eu quero comer isso há mais de dezoito anos.

Kimberly Knight

Acordei com o som de choro. Quando acendi a luminária de cabeceira, Zell estava enrolada como uma bola ao meu lado, soluçando.

— Shhh, está tudo bem. — Passei os braços em volta dela, que chorou mais forte. — Apenas deixe tudo sair. Estou aqui com você.

— Eu só estava pensando em *tudo*.

— Imaginei. Muita coisa aconteceu.

— Eu sempre quis ver a cidade, mas agora estou com medo de sair sem você. E se eu for sequestrada de novo?

— Eu não vou deixar isso acontecer. — Aninhei meu rosto em seu pescoço.

— Mas *já* aconteceu, então poderia se repetir.

— Ei. — Eu a virei para que ficasse deitada de costas e eu estivesse olhando em seus olhos azuis. — Todos os homens que trabalhavam para o meu pai não vão mais ter um emprego. Todas as ações criminosas deles acabaram com a sua morte.

— Mas agora eu sou uma criminosa.

— Por que você acha isso?

— Porque eu matei a Madame.

Coloquei uma mecha de seu cabelo atrás da orelha.

— Eu também não processei o fato de que matei um cara, mas não somos criminosos como meu pai era.

— Como processamos isso?

— Um dia de cada vez. Acho que é assim que qualquer um supera qualquer coisa.

— E é a mesma coisa sobre o homem que… você sabe.

— Estuprou você?

Ela assentiu.

— Eu vou superar isso?

Respirei fundo.

— Isso, eu não sei.

— E se eu não quiser? E se eu nunca mais quiser fazer sexo de novo?

— Acho que essa é uma pergunta para você fazer pra Jackie ou para as meninas. — Me inclinei, pressionando meus lábios contra os dela assim que o telefone que o porteiro usava tocou. Saí da cama e corri para lá. — Sim?

— A polícia está aqui, Sr. Russo — Sal respondeu.

Eu respirei fundo. *Porra.*

— Mande subirem.

— Sim, senhor.

Desliguei o telefone e fui para o quarto da minha mãe, sem me preocupar em bater.

— Mãe!

— O quê? — Ela se levantou.

— Os policiais estão aqui.

— Estão?

— Sim, e estão subindo.

— Merda.

Eu a ouvi sair da cama quando me virei para sair. Bati na porta do quarto de hóspedes antes de abri-la.

— Jackie, os policiais estão aqui.

— Ah, não.

Voltei para Zell.

— Não entre em pânico, princesa, mas os policiais estão aqui.

Ela se sentou e enxugou o rosto.

— Por quê?

Respirei fundo e peguei uma camiseta.

— Eu não sei.

— Você acha que eles sabem?

Eles obviamente sabiam de algo, mas eu não sabia o quê.

— Não tenho certeza. Fique aqui, ok?

— E se eles prenderem você… ou a mim?

Fui para a cama onde ela estava sentada e agarrei seu rosto com as duas mãos.

— Nós cuidaremos disso.

— Promete?

Eu a beijei e, em seguida, estendi meu dedo mindinho.

— Prometo. — Antes de sair do quarto, segurei sua bochecha. Eu precisava que Zell soubesse como me sentia caso fosse preso. Ela olhou para mim e eu sorri. — Amo você, princesa.

Ela começou a chorar novamente.

— Não chore. — Sequei suas lágrimas.

— Eu não consigo evitar.

Eu a beijei novamente e comecei a me virar, mas ela agarrou minha mão.

— Frankie?

— Sim?

Kimberly Knight

— Eu também te amo.

Beijei-a de novo e saí, esperando e rezando que os policiais não estivessem aqui para prender nenhum de nós. A campainha tocou assim que entrei na sala de estar, e minha mãe já estava esperando, vestida com seu robe.

— Oficiais? — ela cumprimentou, abrindo a porta.

— Sra. Russo, seu marido está em casa?

— Não, ele está fora da cidade a negócios.

— Podemos entrar?

— Claro. — Ela acenou para eles entrarem.

— Oficiais — cumprimentei. Não os reconheci, embora já tivesse visto alguns policiais que eu sabia estarem na folha de pagamento do meu pai. Eu não tinha certeza se esses estavam ou não.

Os dois policiais vestidos de terno inclinaram a cabeça ao entrar.

— Desculpe passar por aqui a esta hora — afirmou um deles.

— O que podemos fazer por você? — Mamãe questionou.

— Pode ligar para o seu marido?

Quando Ricardo me ligou para dizer que o trabalho estava feito, ele disse que o celular do meu pai estava no paletó. Eles também pegaram blocos de concreto e amarraram seus pés a eles e fizeram o mesmo com a Madame, para impedir que boiassem. Ricardo também me disse que as meninas e o chef estavam na casa dele até que a gente pudesse pensar em algo.

Olhei para minha mãe e ela disse:

— Claro. Só me deixe pegar o meu celular.

— Estou com o meu — eu os informei. — Mas do que se trata?

— Houve um incêndio no armazém dele. Gostaríamos de informá-lo.

— Um incêndio? — questionei. — Ainda está de pé?

— Sim, mas muito do interior foi queimado, incluindo o que acreditamos ser seu escritório.

— Misericórdia — mamãe ofegou.

— Acho que ele estava alugando o lugar, mas não sei quem é o inquilino. — Tirei meu celular do bolso. — Deixe-me tentar ligar pra ele. — Pressionei o botão para a chamada. Foi direto para o correio de voz. — Correio de voz — afirmei. — Mas posso avisá-lo quando a gente se falar ou o vir. Há algo que você precise que a gente faça?

— Não neste momento, mas, por favor, peça a ele que nos ligue o mais rápido possível. — Ele me entregou seu cartão de visita.

— Eu passo o recado.

Os dois policiais saíram e a minha mãe trancou a porta.

— Essa foi por pouco — sussurrou.

— Sim, foi.

Jackie e Zell dobraram o corredor.

— Está tudo bem? — Jackie perguntou.

— Sim — confirmei. — Era sobre o incêndio.

— Você fez um bom trabalho? — Zell questionou.

— Não. — Eu bufei. — Ainda está de pé.

— E o que você vai fazer agora? — mamãe perguntou.

— Eu vou destruir aquela porra.

CAPÍTULO 29

No dia seguinte, nós voltamos para a cobertura para limpar o sangue. Eu ainda estava exausta de tudo e me sentindo emocionalmente abalada, mas tentei bloquear tudo enquanto esfregávamos o chão.

— Vou poder ver as meninas de novo? — perguntei, enxugando o suor da minha testa.

— Claro que sim, querida — Quinn respondeu.

— Sim — Frankie concordou. — Ricardo disse que elas estão tentando entrar em contato com suas famílias, mas ainda estão na cidade.

— Eu me pergunto como estão lidando com tudo.

— Tenho certeza de que estão tentando fazer isso da melhor forma possível, assim como você — respondeu Jackie.

— E você? — Frankie perguntou a ela, que encolheu os ombros.

— Estou me sentindo perdida, mas tenho certeza que em algumas semanas eu vou começar a me orientar.

Quinn esticou o braço e deu um tapinha na mão de Jackie, esfregando o local onde Madame morreu.

— Você pode ficar no apartamento o tempo que quiser.

— Obrigada.

— O que vai acontecer com este lugar? — perguntei.

Frankie olhou para Quinn.

— Tenho certeza de que vamos vendê-lo. Não acho que nenhum de nós queira morar aqui.

Todos nós negamos com um balançar de cabeça.

Frankie continuou:

— Estou pensando em demolir o armazém e vender a propriedade, caso a gente tenha permissão, e vender o clube. Isso deve nos render muito dinheiro para vivermos por um tempo, não acha, mãe?

— Bem, eu não vou gerir nenhum dos lugares, então sim.

— E também. — Frankie coçou a nuca. — Eu vou para a Califórnia no outono.

Todas nós olhamos para ele com os olhos arregalados e meu queixo caiu.

—Você o quê? — Quinn questionou.

Ele encolheu os ombros.

— Eu entrei na UCLA.

— E você só me diz isso agora? — Quinn se ergueu e começou a andar impacientemente.

Frankie levantou e respondeu:

— Eu não achei que você ia se importar e eu queria ficar longe do meu pai.

— Mas é claro que eu iria me importar! Você é meu filho. Você ia simplesmente desaparecer?

Ele assentiu.

— Tenho economizado meu dinheiro e, sim, eu ia embora. Começar uma nova vida a cinco mil quilômetros de distância ou o que for, e ser feliz.

— E agora? — perguntei.

— Agora, acho que todos devemos ir. A gente vende tudo, compra algumas casas em LA e recomeçamos. Ninguém vai saber quem são os Russos.

— Sempre quis ver a praia — admiti.

— Então venha comigo, princesa.

Eu sorri para ele.

— Não é como se eu tivesse outro lugar para ir.

— O clima é melhor no inverno lá — afirmou Quinn.

— Como eu disse, acho que todos devemos ir. Começar uma nova vida e acabar com tudo isso. — Frankie apontou com a mão.

— Não é como se eu tivesse outro lugar para ir — disse Jackie, imitando o que eu disse.

— Então está resolvido — declarou Frankie.

Kimberly Knight

Todos nós assentimos e começamos a esfregar o chão novamente.

— E sua família? — perguntei a Jackie, me lembrando da conversa com Frankie sobre ver uma foto do meu pai.

Jackie encolheu os ombros.

— Já se passaram dezoito anos. Não sei onde ninguém está e nem me lembro dos números de telefone.

— Você pode procurá-los no Facebook ou Insta — garantiu Frankie.

— O que é isso?

Frankie tirou o telefone do bolso.

— Apenas a melhor maneira de encontrar amigos e familiares há muito perdidos, ou *stalkear* pessoas.

Não fui capaz de esfregar o chão enquanto todo mundo fazia. Depois de trinta minutos, comecei a ficar cansada e sem fôlego. Foi estranho.

— Tenho certeza de que são apenas os últimos dias alcançando você. — Jackie me entregou um copo d'água e eu me sentei no sofá da sala de estar.

— Ou ela está grávida. — Quinn riu de sua própria piada.

— Você está? — Jackie questionou.

Eu franzi minha sobrancelha e olhei para Frankie.

— Acho que não.

— Eu... você sabe...— Ele olhou para sua mãe rapidamente e depois de volta para mim. — Puxei pra fora.

Quinn e Jackie trocaram olhares e Jackie disse:

— Vamos comprar um teste de gravidez para você.

— O quê? Por quê? — questionei.

— Porque puxar para fora não é infalível — afirmou Quinn. — Especialmente quando você tem dezoito anos e é uma deusa fértil.

— Deusa fértil? — eu perguntei.

As duas riram, e Jackie disse:

— É apenas uma expressão para alguém que engravida na primeira vez que faz sexo ou quando se pode engravidar facilmente. Como — ela apontou com a mão em direção a Frankie — com o método de puxar antes.

— Eu deveria ficar preocupada?

Frankie correu para mim e se agachou ao meu lado.

— Não, princesa. Eu não vou a lugar nenhum.

— Promete?

Ele esticou o dedo mindinho.

— Prometo.

Kimberly Knight

CAPÍTULO 30

ZELL

Um ano depois.

O sol da Califórnia brilhou em meu rosto quando me sentei em nosso deck com vista para o Oceano Pacífico. Nossos gêmeos, Russell e Rae, estavam cochilando, e as duas avós estavam sentadas do lado de fora comigo para tomar um pouco de ar fresco enquanto Frankie estava na aula.

Depois de limparmos a cobertura, fiz um teste de gravidez, mas deu negativo. Determinamos que eu estava exausta com tudo o que havia ocorrido, mas quando minha menstruação não veio, e eu ainda vivia cansada, fiz outro teste, e deu positivo.

Jackie e Quinn ficaram conosco em cada passo do caminho, em todas as consultas médicas e quando eu dei à luz. Não acho que poderia ter feito isso sem eles. Deixei de ser uma garota protegida com pouco conhecimento do mundo real para me tornar uma mãe de dois filhos. Mas meu príncipe tinha vindo até a minha torre e me resgatado, e eu acordava todas as manhãs com seus braços em volta de mim, me mantendo segura.

No ano em que recuperamos nossas vidas de Frank Russo, Jackie e Quinn se uniram. Ao nos mudarmos para a Califórnia no final de julho, Jackie foi morar em um apartamento que Quinn comprou, porque nenhuma das duas queria morar sozinha. Mãe e filho não conseguiram vender tudo como esperavam, porque estava em nome de Frank e não havia corpo ou certidão de óbito para mostrar que ele não estava vivo. Quinn abriu uma investigação de pessoa desaparecida, mas, até o momento, nada foi descoberto sobre o Sr. Frank. Ela pediu o divórcio e, após uma série de medidas legais que eu não entendi, foi concedido.

Ela e Frankie alugaram a cobertura para algum figurão de Wall Street, demoliram o depósito e o deixaram vazio, fechando o clube, porque nenhum dos dois queria ter uma boate. Quinn ainda tinha acesso às contas bancárias, e eles descobriram que o apartamento estava apenas em seu nome, então ela o vendeu e acabou com dinheiro suficiente para comprar uma casa para nós e o apartamento para ela.

As meninas e Martin voltaram para suas casas. Foi complicado, mas Ricardo sabia de uma casa que estava vazia e no nome da Madame. Foi a casa que ela compartilhou com o irmão de Frank, mas depois que ele morreu, a Madame se mudou para a cobertura, deixando sua casa vazia. Frankie e Ricardo encenaram para parecer que as meninas e Martin estavam presos lá. Eles contaram que alguns homens foram até a casa, começaram uma briga com a Madame e Frank, tiros foram disparados e depois silêncio. As meninas e Martin conseguiram escapar depois que não ouviram nada por várias horas.

Frankie sabia que a história era duvidosa, já que os corpos não estavam lá, mas, no final, os policiais acreditaram. As meninas e eu mantivemos contato pelo Facebook. Tinha algo acontecendo com Erin e Ricardo, mas eu ainda não tinha ouvido nada, exceto que eles poderiam estar se mudando para a Califórnia juntos.

— Por que você não vai se deitar? A gente cuida dos gêmeos se eles acordarem — Quinn sugeriu.

— Tem certeza?

— Querida, é por isso que estamos aqui — declarou Jackie. — Vá ter algum descanso.

— Ok, obrigada.

Fui para o quarto que dividia com Frankie. Era três vezes o tamanho daquele em que passei a maior parte da minha vida. Era uma loucura para mim como tantas coisas haviam mudado em pouco mais de um ano. Eu não estava mais focada no fato de ter matado Madame ou de ter sido estuprada — embora as memórias ainda pesassem sobre mim às vezes. Tentei pensar positivamente, lembrando a mim mesma que meu futuro não seria em um quarto com uma janela, limpando quartos de sexo. Minha vida eram meus filhos, Frankie, Jackie e Quinn.

Minha família.

Minha família de *verdade*.

Jackie encontrou sua irmã no Facebook e nos reunimos com o lado dela da família. Já que as garotas contaram aos policiais a história do encobrimento, Jackie e eu continuamos com isso também. Não entramos em muitos detalhes e ninguém fez muitas perguntas. Achei que todos estavam aliviados por estarmos vivas. Pensei que tinha os olhos azuis de Jackie, mas quando finalmente vi uma foto de Russell, meu pai, soube que os tinha herdado dele.

Eu não tinha certeza de quanto tempo eu dormi, mas acordei com a cama afundando e com braços me rodeando por trás.

— Que horas são?

— Quase quatro. Eu não queria te acordar — Frankie sussurrou.

Eu me virei e o encarei.

— Está tudo bem. Eu deveria ir checar os bebês.

— Os bebês estão bem. As vovós estão cuidando bem deles.

— Tenho certeza de que estão com fome — eu disse, me referindo aos bebês.

— Eles estavam tomando as mamadeiras quando cheguei em casa, dez minutos atrás. Eles estão bem.

— Ok. — Eu me aconcheguei mais perto, fechando os olhos e respirando o cheiro dele.

— Na verdade, eu estava pensando que deveríamos ter uma noite de encontro.

Meus olhos se abriram.

— Uma noite de encontro?

Frankie sorriu.

— Sim, me deixe sair com minha garota. É sexta à noite.

— E quanto aos bebês?

— Eles estão em boas mãos.

— O que você tem em mente?

— É uma surpresa.

Frankie nos levou pela rodovia Pacific Coast, mas não quis me dizer para onde estávamos indo. Não passamos muito tempo juntos explorando a área de Los Angeles desde que nos mudamos para Malibu, nove meses atrás. Passamos mais tempo na praia, fora de casa, do que no carro. Ter os pés na areia me deixava feliz, fazia eu me sentir livre.

Eu não tinha mais uma corrente ao meu redor, me mantendo em minha torre.

Frankie estacionou o carro e desligou o motor.

— Pronta?

— Acho que sim.

— Então vamos. Temos muito que fazer. — Ele abriu a porta.

Franzi a sobrancelha e corri para sair do carro para segui-lo.

— Muito que fazer?

— É uma surpresa, princesa. — Ele pegou minha mão e me levou para fora do estacionamento e pela calçada.

Não demorei muito para perceber onde estávamos — ou pelo menos o que estávamos fazendo.

— Aquilo é uma roda-gigante? — Apontei, olhando para o céu. Eu nunca tinha visto uma pessoalmente antes.

— Sim.

— Que lugar é esse? — perguntei, nós dois caminhando em um calçadão.

— É o cais de Santa Monica.

— E o que estamos fazendo aqui?

Frankie passou o braço em meu ombro e beijou o lado da minha cabeça.

— Viemos brincar, comer comida gordurosa, para sermos crianças.

— Sermos criança?

— Você não chegou a ser uma, princesa, então não vamos embora até que você, pelo menos, se sinta uma criança por um curto período de tempo.

— Como isso funciona?

— Bem, primeiro, vamos pegar um cachorro-quente, seguido de um bolo de funil, e depois vamos em todos os brinquedos, até que você vomite ou sinta que vai vomitar.

— O quê? — Eu ri. — Eu não quero vomitar.

— Então é melhor torcer para ter estômago de aço, porque vamos fazer de tudo.

Frankie pegou minha mão e começamos a correr em direção a uma barraca de comida. Comemos cachorros-quentes, devoramos um bolo de

Kimberly Knight

funil e bebemos refrigerantes até eu não conseguir comer mais nada. Então a gente foi para os brinquedos de novo, de novo e de novo. Rimos, gritamos de empolgação e nos divertimos até o pôr do sol, quando tudo foi iluminado por luzes multicoloridas. Eu não conseguia me lembrar da última vez que me diverti como estávamos fazendo, se é que alguma vez eu cheguei a me divertir tanto. Foi uma das melhores noites da minha vida, principalmente quando provei o algodão doce pela primeira vez.

— Ai, meu Deus, essas coisas são tão gostosas!

— É quase tão doce quanto você. — Frankie beijou meus lábios. Ele tinha gosto de açúcar.

Ele pegou minha mão novamente e me levou até a roda-gigante.

— Pronta para ver tudo isso do céu?

Eu concordei.

— Sim.

Entramos em uma das cabines e começamos a subir. Demorou vários minutos até chegarmos ao topo e pude ter uma vista panorâmica da costa da Califórnia. Foi de tirar o fôlego.

— Princesa? — Olhei para o outro lado da cabine, percebendo que Frankie estava ajoelhado. — Tenho uma pergunta para você.

— Ok? — Arqueei uma sobrancelha.

Ele puxou um anel solitário de diamante quadrado do bolso do short.

— Na noite em que nos conhecemos, não percebi quão importante seria escolher você, mas foi a melhor decisão que já tomei. Mudou as nossas vidas, e agora não consigo imaginar a minha sem você nela. Você é a mãe dos meus filhos, minha melhor amiga, minha princesa, e eu quero passar o resto da vida com você. Quer se casar comigo?

— Sim! — respondi, me jogando em seus braços, fazendo com que a cabine da roda-gigante balançasse levemente.

Eu era a princesa de Frankie e ele era o meu príncipe. Juntos, teríamos nosso "felizes para sempre".

EPÍLOGO

Dois meses depois.

Era um dia quente de primavera no rio Hudson. O sol brilhava contra as ondas criadas pelos barcos e navios de cruzeiro que iam e vinham pelo porto. Ao mesmo tempo, as pessoas despejavam seu esgoto na água; ou cadáveres, como Frank Russo e seus homens fizeram.

Era irônico que o próprio Frank também tivesse sido jogado no porto e deixado para apodrecer, como fizera com tantos homens ao longo dos anos. A diferença era que seu filho havia instruído seus homens a amarrar seu pai com blocos de concreto para que ele nunca fosse encontrado. Ricardo Montoya havia supervisionado aqueles homens, certificando-se de que obedeciam, mas deveria ter sido mais específico e instruído eles a usarem correntes para amarrar Frank e Saffron.

Nos últimos quatorze meses, as cordas começaram a se decompor e, com outro empurrão de uma onda de um barco, o corpo mutilado de Frank Russo se soltou dos blocos de pedra e começou sua jornada em direção à costa.

Fim, por enquanto...

Kimberly Knight

AGRADECIMENTOS

Sinto que meus agradecimentos são sempre os mesmos, porque tenho minha tribo que me ajuda com cada livro. Então, Sr. Knight, minha editora, Jennifer Roberts-Hall, Laura Hull, Leanne Tuley, Kerri Mirabella, Stacy Nickleson, Kristin Jones, Melissa Mendoza e Veronica Escamilla, muito obrigada por todo o tempo que vocês ajudaram a investir nesta história para torná-la o que é hoje. Agradeço a cada um de vocês.

Para Dee Garcia e N. Isabelle Blanco: obrigada por pensar em mim para fazer parte desta coleção. Escrever a versão de Rapunzel foi muito divertido.

Aos meus Steamy Knights: obrigada por seu amor e apoio contínuo. Vocês arrasam. Eu adoro como posso compartilhar minha vida pessoal com vocês, bem como todas as novidades Knight!

A todos os blogueiros e autores que participaram da minha revelação da capa, ação do dia do lançamento, blog tour e festa do dia do lançamento: obrigada! Eu não posso dizer o quanto aprecio cada um de vocês que estão dispostos a me ajudar a espalhar a palavra sobre meus livros. Sem vocês, eu não estaria vivendo meu sonho.

E, finalmente, para os meus leitores: obrigada por acreditarem em mim e se arriscarem nos meus livros repetidas vezes. Sem vocês, eu não estaria escrevendo e trazendo todas as histórias que cativam meu cérebro dia após dia.

OUTROS LIVROS DA AUTORA

USE-ME

A vida de Rhys Cole sempre girou em torno do hóquei. Ele sempre soube que quando crescesse jogaria na NHL, mas quando seu sonho de ser convocado não aconteceu, escolheu uma segunda opção: tornar-se jornalista esportivo para uma emissora local de TV. Porém, assim como nos esportes, às vezes se ganha e outras se perde. Ao flagrar a namorada na cama com um estranho, Rhys vai até o bar próximo à sua rua para esfriar a cabeça.

Após trabalhar como repórter de rua, Ashtyn Valor é promovida a principal apresentadora do noticiário da noite. Ao se estabelecer na carreira, Ashtyn está pronta para dar o próximo passo na vida com o namorado. No entanto, quando ele, inesperadamente, rompe o namoro, Ashtyn decide adormecer a dor no bar mais próximo.

Rhys e Ashtyn esperavam que uma noitada, alcoolizados, mascarasse a dor daquela noite de Outubro. O que não esperavam era encontrar alguém que pudesse ampará-los da escuridão de suas mágoas.

Kimberly Knight

OBSERVE-ME

Ethan Valor sempre achou que tinha tudo, desde a carreira bem-sucedida à família perfeita. Mas quando de repente sua esposa pede o divórcio, ele se vê obrigado a sair de casa, e se muda para o apartamento da irmã. Precisando de uma dose de bebida depois de uma longa jornada de trabalho na delegacia, Ethan decide dar uma passada no bar próximo ao seu prédio. O mesmo bar que sua família alegava ser o responsável por unir casais apaixonados, ou, no caso dele, trazer o primeiro amor de volta.

Reagan McCormick voltou para Chicago depois de vinte e três anos. Divorciada e com a filha já na faculdade, achou que era hora de ir atrás daquilo que a faria feliz. Disposta a ganhar um dinheiro extra enquanto fazia sua especialização, arranjou um trabalho como bartender. Bastou que um sopro de seu passado surgisse certa noite, para lhe mostrar que tomara a melhor decisão de sua vida ao retornar à Cidade dos Ventos.

Ethan e Reagan não esperavam que seria tão fácil retomar o namoro de onde haviam parado. Também não achavam que os caminhos profissionais de cada um acabariam os interligando perigosamente...

BURN FALLS

Depois que Draven Delano abandonou seu clã, ele nunca mais tirou uma vida humana inocente. Para sobreviver por conta própria, tornou-se médico, com acesso irrestrito a bolsas sanguíneas para que não tivesse que ferir uma alma sequer. No entanto, um ser imortal não pode morar num mesmo lugar por muito tempo. Assim como nunca pode se apaixonar. Quando se muda para a pacata cidade de Burn Falls, ele acredita ter encontrado o lugar perfeito para se estabelecer temporariamente.

Até que conhece a única mulher que pode mudar tudo.

A The Gift Box é uma editora brasileira, com publicações de autores nacionais e estrangeiros, que surgiu no mercado em janeiro de 2018. Nossos livros estão sempre entre os mais vendidos da Amazon e já receberam diversos destaques em blogs literários e na própria Amazon.

Somos uma empresa jovem, cheia de energia e paixão pela literatura de romance e queremos incentivar cada vez mais a leitura e o crescimento de nossos autores e parceiros.

Acompanhe a The Gift Box nas redes sociais para ficar por dentro de todas as novidades.

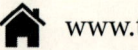 www.thegiftboxbr.com

 /thegiftboxbr.com

 @thegiftboxbr

 @GiftBoxEditora

Impressão e acabamento